Efraim Frisch
Zenobi

W

Walter Literarium
Herausgegeben von Bernd Jentzsch
Band 11

Efraim Frisch
Zenobi

Roman

Walter-Verlag
Olten und Freiburg im Breisgau

Mit einem Nachwort von Rolf Vollmann

Gesamtherstellung in den grafischen Betrieben des Walter-Verlags
Printed in Switzerland

ISBN 3-530-23951-8

I

Ein jeder kannte Zenobi oder glaubte zu wissen, wer er sei. Der über mittelgroße Mann von schwer bestimmbarem Alter, das jugendlich angegraute Haar nach der letzten Mode geschnitten, das lange, faltige Gesicht aufs sorgfältigste rasiert, die biegsame elegante Figur ein klein wenig im Äußeren vernachlässigt, wie es sich nur die ganz Vornehmen erlauben dürfen, war eine bekannte Erscheinung. Wenn jemand auf ihn aufmerksam geworden – und er erregte stets solche Aufmerksamkeit – bei Gelegenheiten, da Neugierige sich ansammeln, oder in Räumen, wo viele Menschen ab und zu gehen, einen Dienenden oder Bekannten nach ihm gefragt hätte, so würde er sicherlich einen Namen gehört haben, von jenen bevorzugten Hundert, die man in einer Großstadt berühmt heißt, angefangen von einem gerade beliebten Filmschauspieler bis zu einem populären Mitglied der Aristokratie. Und wäre der Fragende einmal umgekehrt der Gefragte gewesen, so hätte er bestimmt oder ungefähr irgendeinen dieser hundert Namen genannt, ohne Verlegenheit und mit mehr als halber Gewißheit überzeugt, eine richtige Auskunft gegeben zu haben; vielleicht auch, weil er es schmeichelhaft für sich empfand, den Mann vom Sehen wenigstens zu kennen, und Genugtuung, seinen Namen zu wissen.

In Wahrheit aber wußte Zenobi, so alt er war, selbst nicht mehr, wer er war, und damit hatte es seine eigene Bewandtnis.

Zenobi war in einem Winkel der südslawischen Provinz des Reiches, nachdem er früh seine Eltern verloren hatte, von wohlhabenden Verwandten in ihr Haus aufgenommen worden und mußte in liebloser Umgebung für die Wohltat seiner Erhaltung in einer kleinen Handlung alle die niederen Dienste tun, die man von jenen verlangt, denen man Erziehung schuldet und Bedrückung bieten darf, weil sie klein sind und bedürftig; indes die Welt solche Strenge billigt und als charakterbildende Vorbereitung für den Ernst des Lebens angemessen erachtet. Doch Zenobis Gemüt war nicht weichlich und empfindsamer Betrachtung nicht geneigt. Er aß gern und viel, vielleicht weil er zu wenig bekam, und war stets über etwas sehr erregt. Diese Erregung, die ihm den Atem raubte und ihn in die heftigste Bewegung versetzte, betraf nicht Dinge seiner gewohnten Umgebung und Verrichtung, sondern entstammte allem Außerordentlichen, das er wahrnahm und das in ihn hineinfiel wie in einen tiefen Brunnen. Es hatte damit begonnen, daß er einmal in der blanken und duftenden Apotheke des Ortes über einem der Mahagoniregale ein Bild erblickte. Auf einem Tisch oder etwas Ähnlichem, das man nicht gut unterscheiden konnte, lag da ein Leichnam – Zenobi hatte noch nie einen Leichnam gesehen –, über ihn beugten sich Männer in schwarzen Mänteln, breitkrempigen Hüten, steifen Krausen, in einer geheimnisvollen Tätigkeit begriffen. Zenobi sah es, riß den Mund auf und starrte lange. Als er nach Hause kam, streckte er sich auf sein Lager und war ein Leichnam, dann erhob er sich atemlos, drapierte sich mit einer Decke, schnitt aus Papier einen steifen Halskragen, stülpte eine fremde Kopfbedeckung auf sein Haupt und beugte sich als einer der dunklen Männer über sein Lager, auf dem er zugleich als Leiche dalag. Er scheute sich auch nicht, diese Vorstellung vor den jüngeren Hausgenossen mit viel Schnaufen und wildem Gebaren zu wiederholen, und es verschlug ihm nichts, wenn sie sich weigerten, in seinem seltsamen Tun einen von ihm wirr beschriebenen Vorgang zu erkennen oder überhaupt einen Sinn zu finden. Er beharrte bei seinem: so ist eine Leiche oder so sind diese Männer, und war von einem fremden und wilden Leben erfüllt. Bis etwas Neues ihn ablenkte und anderen Stoff zum Spiel darbot. Denn das Ungewöhnliche ergriff ihn seitdem in verschiedener Gestalt. Ein Zirkusreiter, ein Jongleur, ein Clown, ein Läufer, die vorübergehend einigen Glanz in die kleine Stadt brachten, waren abwechselnd Gegenstand äußerster Hingerissenheit und atemraubender Nachahmungslust, und in dem Maße seines übrigens gedeihlichen Wachstums, das ihn kräftig aufschießen ließ, wuchs ihm eine Fülle von Gestalten und Helden zu, eine Welt über der ärmlichen, in welcher er in seiner sonderbaren Weise sein Leben erhöht fühlte. In seiner Kammer, im Laden sogar, wenn es die Umstände erlaubten, auf dem Hofe nach Feierabend, produzierte er selbstgenügsam für sich oder auch vor Zuschauern die Künste seiner Vorbilder auf recht primitive Art und ohne daß er versucht oder gewagt hätte, durch Übung oder Kühnheit von den bewunderten Fertigkeiten sich wirklich etwas anzueignen. Ihm genügte eine Andeutung des Kostüms, eine Geste, ein Wort oder auch nur ein hervorgestoßener Laut – das übrige füllte seine Erregung aus, mit der er etwas auszudrücken meinte. So mäßiger Leistung entsprechend war auch Wirkung und Beifall gering, und seine von so viel Hingebung, ja Inbrunst erfüllten Versuche trugen ihm nur ein, daß er von seinesgleichen lachend als Hanswurst, von über ihm Stehenden kopfschüttelnd als einfältig und zurückgeblieben behandelt wurde. Und wenn die Behandlung, von seiten seines Verwandten und Vormundes auf gelegentlichen Tadel und Verweis sich beschränkend dabei noch glimpflich blieb und ein so ärgerliches Treiben nicht gar zu ernsten Zusammenstößen führte, so dankte dies Zenobi nicht nur seiner unbefangenen und natürlichen Liebenswürdigkeit, die ihn sein Leben, wie es fiel, als sein zugemessen Teil hinnehmen und die Lasten, die es auferlegt, leicht tragen ließ, sondern noch mehr dem Umstand, daß es bei dem einfältigen Spiel sein Bewenden hatte und daß Zenobi, so sehr es ihn erregen mochte, sich doch nie getrieben fühlte, einen Schritt aus seinem Lebenskreis hinaus zu tun oder gar zu versuchen, mit einem Sprung jene andere Welt wirklich zu betreten. Solches Sinnen war ihm fern. Die Kraft seiner Einbildung, die sein ärmlich dienend Leben überstrahlte, entfernte zugleich die erregenden Gestalten so sehr, daß ihr wirklicher Abstand für ihn unermeßlich wurde. Auch mochte er ohne Erfahrung wissen, daß er vor allem dabei sein kärgliches Behagen, mit kindlicher List und Handfestigkeit täglich errungen, zu opfern haben würde – und das hieße in eine Leere treten, von der sich nicht einmal eine Vorstellung gewinnen ließ.

So träumte er denn wohl von einer wirklichen und weiteren Welt abenteuerlicher Gestalten auf seine Weise, ohne Schmerz, wenn auch nicht ohne Sehnsucht, zumal ihm ihre Vertreter zuweilen in der fremdartig eleganten Erscheinung famoser Geschäftsreisender leibhaftig und faßbarer näherkamen als die nur auf Distanz bewunderten Helden seltsamer Künste und Abenteuer. Um diese jüngeren Herren, in Kleidern von sehr modischem Schnitt und auffallenden Farben, in Hüten und Schuhen von selten gesehener und doch so unmittelbar überzeugender Fasson, mit blitzenden Ringen, Knöpfen und Nadeln, silbernen und goldenen Krayons und Etuis, war ein Wohlgeruch von feinen Wässern, aromatischen Zigaretten und von noch etwas, das der schnuppernden Nase Zenobis wie der Duft der Fremde selbst erschien, der großen fernen Welt, aus deren Überfülle zuweilen dieser Tropfen bis zu ihm herüberspritzte. Manchmal durfte er ihnen einen Koffer ins Gasthaus oder an die Bahn bringen oder auch, in der Konditorei auf einen Auftrag wartend, kurz bei ihnen verweilen – und jedesmal war er von der Freiheit, mit welcher sie sich in so ausgezeichneten Räumen bewegten, von der Leichtigkeit, die Menschen um sich auf Wink und Anruf in Bewegung zu setzen, und von einer Art Heiterkeit und Verbindlichkeit, durch welche sich die Dinge und Verrichtungen um sie flink und gefällig ordneten und abspielten, begeistert und tief bewegt. Sie wurden ihm zu Vorbildern: Gang und Geste, Haltung und Haartracht versuchte er oft wie unter Zwang vor dem Spiegel, und in Gedanken lebte er ihr freies und schönes Leben, das freilich noch keinen anderen Inhalt für ihn hatte, als daß es eben frei war und schön. Doch just, als es durch die leere Wiederholung zu verblassen und seinen Alltag um so grauer zu machen drohte, winkte ihm Erfüllung. Einem der Kaufleute aus der Landeshauptstadt war bei seinen Besuchen der flinke, pausbäckige und neuer Dinge so begierige Knabe aufgefallen, und da er ihn in seiner Handlung passend beschäftigen konnte, machte er dem Vormund den Vorschlag, Zenobi in die gehobene Stellung, die nach der Hierarchie die ihm gebührende nächste Stufe war, zu ihm ziehen zu lassen. Dieser, fast geschmeichelt, auf ein solches Ergebnis seiner Ausbildung mit Genugtuung hinweisen zu können, wenngleich bei sich über die Stetigkeit in der Laufbahn des Mündels tief im Zweifel, ließ ihn um so lieber gehen, als er dadurch, seiner Pflichten ledig, den herangewachsenen und in seinen Augen etwas einfältigen Jungen, über dessen Zukunft er sich nun einbildete, stets besorgt gewesen zu sein, auf gute Manier in die Welt, die ihn nichts kostete, entlassen konnte.

Wenn Zenobi erwartet hätte, daß er in dem großen Strom, in den er plötzlich versetzt worden war, gleich werde schwimmen können und so, wie es ihm gefiele, dann wäre er sicherlich sehr bald enttäuscht worden, und die harte Arbeit, die knappe Muße und das Fragwürdige eines Berufes, in welchem nur der bare Erfolg, der Reichtum einen beachtlichen Platz zu sichern vermag, hätten ihn bei seinen geringen Aussichten ermatten und bald verbittern müssen, besonders, da sie ihm den Zutritt zu allem Schönen und Freien, das da sein mußte, beharrlich verwehrten. Doch Zenobi war kein Kämpfer und kein Realist, der wirkliche Hindernisse wahrnimmt, mit Bedacht ihre Überwindung erwägt oder an seiner Schwäche verzweifelt. Er war einer von den seltenen Glücklichen, deren vage Erwartung so maßlos ist, daß eine ungefähre und zufällige Erfüllung sie schon beseligt, weil sie dadurch erst den Augenblick benennen lernen, für den ihr träumendes Blut noch kein Bild weiß. So nahm er alles beglückt hin, was die Wirbel eines bewegten Lebens der großen Stadt an die Oberfläche warfen, als da waren: der Korso, Truppenparaden, herrliche Prozessionen, Standmusiken und alle frei zugängigen Schaustellungen, die eine Gelegenheit bieten mochten. Zwar lebte er nicht anders als alle seinesgleichen, mühselig und leichtfertig zugleich, Not und Kümmerlichkeit mit jugendlicher Zuversicht mutig übertauchend, die Mühsal billig vergoldend, doch riß ihn die wachsende Teilnahme an all den neuen Schauspielen des Lebens immer wieder aus seinen Niederungen fort und bewahrte ihn davor, von der Lebensschwere seines Kreises gezogen, ins Gemeine herabzusinken. Im Umgang mit seinen Kollegen erschöpfte sich seine stets wache Neugier sehr bald. Unterschied er sich auch kaum von ihnen, so machte für ihn selbst ein steifer, hoher Kragen, ein Stöckchen, die Art, seinen Hut einzuknicken, ihn in seinen eigenen Augen zum stillen Angehörigen einer anderen Welt. Er hatte das große Staunen in sich, das ursprünglich allen Menschen eigen ist, dazu aber ein beglückendes Horchen auf ferne Musik, und er wäre in einer Welt, die auf solche Zwecklosigkeit die Todesstrafe setzt, vielleicht schon bald dem Untergang verfallen, wenn – ja wenn –, nun wir werden ja sehen, wie seltsam und folgerichtig er seine Rettung zu bewirken wußte.

Eines Abends war er endlich in das Innere des überwältigenden Baues eingedrungen, der jeden Abend, wie er sehen konnte, mehr Menschen einschluckte, als in dem Städtchen, das er verlassen, Einwohner zu zählen waren. Was da vor dem in die Höhe gezogenen Blick sich aufbaute, war kaum zu fassen: Stockwerk über Stockwerk frei schwebend, von bewegten Köpfen wimmelnd bis an die Decke, die wie ein fremder

Himmel darüber stand. Ein tausendfältiges Geglitzer von Glas, Gold und Spiegeln auf bewegten und unbewegten Bildern, von schimmernden Säulen und Bogen eingefaßt, die selbst wieder Bilder schienen. Nur die eine Wand gegenüber blieb in ihrer ganzen gewaltigen Höhe still, wenngleich auch sie nicht unbevölkert war. Überlebensgroße Frauen mit mächtigen, entblößten Gliedern, die Gewänder gewaltig gebauscht, waren dort im Begriffe, mit üppigen Kränzen, wilden Tieren und nackten Kindern eine geheime und ausdrucksvolle Handlung zu vollführen, deren Sinn sich ihm entzog, die sich ihm aber mit dem ereignisschwangeren Wort «Theater», das er schon oft gehört, durchaus natürlich und übereinstimmend verband. Nun konnte er sich den Fortgang eines Spiels, das jenes Wort ebenfalls bedeutete, aus diesem gemalten Vorgang auf keine Weise entwickelt denken, obgleich er jedes Wunders gewärtig war. Ratlos suchte er zu erkunden, wo denn der Schauplatz des Spiels sein sollte, da der Raum doch ganz ausgefüllt war, – in diesem Augenblick wurde es dunkel, verschwand die Wand mit den Frauen, Kindern, Tieren, ein belebender Lufthauch wehte durch das Haus. Ganz hinten aus einer lichten, entrückten Welt, die durch Zauber plötzlich vollkommen dastand, drangen Stimmen, bewegten sich Menschen, das Spiel begann...

Das war neu und doch vertraut und schlug gewaltig in Zenobi ein. Sein beglücktes Staunen und die unbefangene Freude galten mehr dem Gefühl einer wunderbaren Bestätigung. Das also gab es. War so wirklich, wie man es sich nur denken konnte. Und nicht nur so, wie alles übrige um einen herum alle Tage auch war, daß man es kaum beachtete, sondern absichtlich wirklich, daß die Menschen hingingen, um es zu sehen und sich darüber freuten, sogar wenn es traurig war. So war er denn gar nicht so töricht, wenn er wilde Bewegungen vollführte, leidenschaftliche Stellungen vor dem Spiegel versuchte, von einem fremden Leben erfüllt, von dem er nicht wußte, woher es in ihn gefahren war und das ihn um so stärker zwang, wenn er sich auch nur vor einem Zuschauer befand, mochte er auch dafür ausgelacht werden.

Mit aller Vorsicht und Beharrlichkeit, die ihn sein hartes Dasein von klein auf gelehrt hatte, verschaffte er sich seitdem in dem wunderbaren Haus seinen Anteil an dem freien und schönen Leben, das jeden Abend sich hier neu gebar. Er fand sich ohne Führung darin zurecht, mit der Sicherheit, wie sie nur ein unstillbarer Trieb verleiht, der weder aufgeklärt sein will über seine Ziele, noch um das bekümmert ist, was andere sich angelegen sein lassen. Er verstand, was hier vor sich ging, ganz unmittelbar: war hier einer reich, so war es nicht wie dieser oder jener, bei dem man es mit Zahlen begrenzen konnte, sondern eben reich, was gleichbedeutend war mit unbeschränkt und mächtig bis an jene Grenze, über welche hinaus kein Reichtum mehr nutzt, da für ihn nichts mehr zu kaufen ist. War es ein Liebender, so stürmte er als ein Held über alle Hindernisse und Gefahren hinweg, nichts als ein Liebender bis in den Tod, und ebenso war es mit den Königen, Feldherren, Schurken und Edlen. Es gab zuweilen wohl auch anderes, das war, als wollte man die Menschen, die man kannte, verdoppeln, und doch wurden sie schon durch das Spiel vergrößert. Sie waren gehoben, ein anderes Licht verklärte und machte bunt, was sonst verwischt und grau blieb. Wirkten Geste und Ton auch mit physischer Gewalt auf ihn ein, indem es ihn zwang, Bewegung und Miene nachzubilden, so entschlüpfte er, sobald sich ihm die einfachen Linien verwirrten und er nicht weiter folgen mochte, in sonderbare und verwegene Improvisationen. Dann war es am schönsten.

Als seine geringen Mittel, die er zum Nachteil seiner Notdurft bereits überspannt hatte, zu knapp wurden, um seinen wachsenden Durst nach solcher Beglückung zu befriedigen, geriet er als Statist auf die Rückseite des erhabenen Schauplatzes und in jene unmittelbare Berührung mit der Quelle der Illusion, welche angeblich die große

Enttäuschung herbeiführt. Doch bei Zenobi war das anders. Er war weit davon entfernt, Vergleiche zwischen Vorder- und Rückseite anzustellen. Sie waren ihm natürlich geschieden, wie das Außerordentliche und das Alltägliche. Beide waren in ihrer Weise wirklich. Er aber hatte sich für das Höhere entschieden. Auch die Menschlichkeit der Spieler lag für ihn auf dieser höheren Ebene, und selbst ihre Mittel gehörten in das Reich des Abenteuers, in welchem sein in solcher Umgebung stets erregter Sinn sich erging. Es fehlte ihm auch nicht an gelegentlicher Aufmunterung, sich von der unteren Stufe des stummen Spielers den üblichen Weg zum Helden des schönen und freien Lebens zu bahnen, aber in seiner einfältigen Hingabe an das, was alle Spiel nannten, er aber für sich gar nicht zu benennen versuchte, war eine so natürliche Demut, daß sein Inneres von gar keinem Ergeiz berührt wurde. Als ein junger Theatereleve, dem sein Eifer und seine Hingerissenheit auffielen, sich Zenobi genähert hatte und ihn einmal zu seinem Meister, einem namhaften Darsteller, brachte; als dieser weitläufig und salbungsvoll von der hohen Kunst zu reden anfing, über Rollen und andere fremdartige Dinge sich ausließ und mit starrer Miene dazwischen schlüpfrige Scherze streute, stellte sich Zenobi so blöde und verständnislos an, daß der Mann bald merkte, daß es mit seinem Erfolg vor diesem

Burschen, in dem es wohl auf eine sonderbare Weise rumorte, der aber von allem, was ihm förderlich sein könnte, nichts zu begreifen schien, sehr zweifelhaft bestellt war. Denn nicht einmal ein Wort der Bewunderung für den Meister konnte ihm entlockt werden, was diesen fast schon beleidigend dünkte. So begnügte er sich denn damit, Zenobi vorerst ein fleißiges Studium der Klassiker zu empfehlen und ihn in majestätischer Haltung gemessen zu entlassen. Dieser ganze bedeutungsvolle Vorgang stellte sich in Zenobis Innerem so dar, als sei er soeben der Gefahr der Beraubung entronnen, wenn er auch nicht hätte sagen können, wessen man ihn hatte berauben wollen. Oder auch als hätte man ihn bei etwas ertappt, dessen er sich schämen müßte, dessen sich zu schämen allerdings jener Mann nicht gewohnt war. Diese Empfindungen waren auch einigermaßen schmerzlich, denn sie lehrten ihn, daß die Laufbahn, die anderen und auch ihm zuweilen so begehrenswert schien, ihm verstellt war durch etwas, das nur ihn allein hinderte. Denn um sich herum hörte er alle die Spielbeflissenen so reden, wie jenen großen Mann oder noch kühner etwa, und niemand schien sich verbergen zu wollen, vielmehr rühmten sie sich voreinander, indem sie Verse deklamierten oder Stücke aus einem Spiel sprachen, wobei sie sich verstellten. Er aber konnte das nicht und mochte sich auch nicht darum bemühen. Als nach einiger Zeit jener freundliche Eleve Zenobi fragte, ob er nun einiges studiert, um sich bald von dem Meister prüfen zu lassen, antwortete dieser nicht ohne Befangenheit zwar, doch mit der Sicherheit, mit der jemand einer peinlichen Sache ein Ende bereiten will, er wisse wahrhaftig nicht, was denn mit all den Reden oder Versen, die ein Mann einem anderen in den Mund gelegt hat, für ihn anzufangen sei, davon abgesehen, daß sie ihm nur zum Teil verständlich wären. Aber das eben sei ja die Kunst des Spiels, sagte der andere etwas verblüfft. Nun wohl, dann würde er, Zenobi, das nie können. Was hätte es übrigens für einen Zweck, sich zu verstellen, wenn man dazu erst fremde Worte leihen müsse, die man auswendig lernen soll. Dann sei man ja gar nicht die vorgegebene Person. Darauf wußte der Eleve allerdings kaum zu erwidern, lachte und sagte: Wenn Zenobi sich seine Rollen selber schreiben will, dann möge er es nur versuchen. Am Ende ist er gar ein dramatischer Dichter. Zenobi aber machte der Spott wenig Eindruck. Es hatte sich in ihm etwas angesammelt, das spürte er, und ohne es zu wissen, wartete er auf eine Gelegenheit, sein Spiel zu spielen.

Zenobi bewohnte damals eine kleine, saubere Kammer bei einer Offizierswitwe, deren Sohn, noch bei Lebzeiten ihres Mannes in der Kadettenschule vorgebildet, als Leutnant in einer ungarischen Garnison diente. Der junge Offizier, kränklich und mit verlebtem blassem Gesicht, das Spuren von Vornehmheit zeigte, befand sich in Urlaub bei seiner Mutter und war schon durch seine Uniform der Gegenstand lebhaftester Aufmerksamkeit für Zenobi. Es war aber in der Tat eine besondere Uniform und vor der, die Zenobi an den heimischen Kriegsleuten kannte, durch eindrucksvolle Schönheiten ausgezeichnet. Das Blau war dunkel und tief wie Samt, die Knöpfe mattsilbern, die Ärmel hatten einen blühendweißen Tuchaufschlag mit breiten silbernen Streifen, ebenso der Kragen. Am Beinkleid schnörkelte sich unterhalb der Taschen eine silbergestickte Arabeske wie ein feiner Triller in sich selbst zusammen, und kein gewöhnlicher Mantel war es, der diese Herrlichkeiten verdeckte, sondern ein Dolman, mit silbernen Schnüren verziert und seitwärts umgehängt, hob die diskrete Pracht erst ins rechte Licht und verlieh ihrem Träger einen Zug von Kühnheit und Reitereleganz. Der Leutnant, im Einerlei des Garnisondienstes früh zu Ausschweifungen verführt, und nur noch durch scharfe Genüsse oder waghalsige Reiterstücke erregbar, langweilte sich im Urlaub mehr als in seinem Dienst und verbrachte die Zeit im Hause seiner Mutter in schläfriger Untätigkeit. Die engen Verhältnisse eines ärmlichen Haushalts, dem reiche Verwandte geringfügig aufhalfen, drückten auf das jugendliche Gemüt, das einen anderen Zuschnitt bei den meisten seiner Kameraden kannte. Gähnend und halb angekleidet schlurfte er, Zigaretten rauchend, durch die dürftigen Zimmer, stand verdrossen am Fenster und sprach auch zuweilen mit Zenobi, wenn dieser gerade aus der Tür trat oder nach Hause kam. Sprach – wenn man die abgehackte, zur Formel erstarrte Redeweise so nennen kann. Sein Wortvorrat war nicht eben groß und bewegte sich zwischen den Eigenschaftsworten schneidig oder scheußlich, zu denen die Objekte Wetter, Mädchen, Essen, Pferde je nach Bedarf in Beziehung gesetzt wurden. Doch Harmlosigkeit und unverlierbare Zuversicht der Jugend, wie der weiche Flaum um Mund und Wangen beiden gemeinsam, erleichterte einen unbefangenen Verkehr, zumal Zenobis Sorgfalt auf seine äußere Erscheinung seine geringere gesellschaftliche Stellung wettmachte. Zenobi bewunderte ihn. Für ihn war der Offizier ein Held, ein Krieger, der im freien und schönen Leben seinen unverrückbaren Platz einnahm. Selbst die knappe und so wenig ergiebige Art seiner Rede, ja seine gelangweilte Verdrossenheit regte Zenobis Einbildung an. Dahinter ahnte er ungewöhnliche Erlebnisse und Abenteuer, zu welchen Stand, Schmuck und Privilegiertheit jenen gleichsam verpflichteten. Eine Verpflichtung, für die auch er, Zenobi, aus Gründen, die ihm nicht ganz klar waren, einzustehen hatte, wenn anders die schöne freie Welt Bestand haben sollte. Er war glücklich, wenn er den Leutnant in Zivil zuweilen auf einem Spaziergang begleiten durfte, so kümmerlich auch die Unterhaltung dabei ausfiel. Zenobi lernte bei solchen Gelegenheiten mancherlei, das der andere gar nicht ahnte, und bald schon sollte ihn ein Ereignis auf jene Bahn bringen, die er fortan nicht mehr verließ. Zu einem Ball in den festlichen Räumen des alten Stadthauses lud eine patriotische und wohltätige Gesellschaft eine große Anzahl würdiger Familien, Offiziere und höhere Beamte ein. Auch der Leutnant im Urlaub ward mit einer Einladung bedacht. Doch dem stand der Sinn durchaus nicht nach einem bürgerlichen Vergnügen unter gespreizten Honoratioren und paradierenden Vorgesetzten. Er hatte die Nacht vorher mit zufälligen Bekannten, deren Namen er nicht einmal wußte, in dem Hinterzimmer einer Kneipe spät gezecht und gespielt, war irgendwelchen Leuten eine Summe Geldes schuldig geblieben und hatte am Vormittag deshalb eine böse Auseinandersetzung mit seiner Mutter gehabt. Zenobi, der am Abend neugierig anklopfte, um seinen Helden im Schmuck der Uniform zum Ball sich begeben zu sehen, fand ihn im Schlafrock übelgelaunt auf dem Sofa liegen, die Augen trüb und

grau im Gesicht. Auf die im freundlichen und bescheidenen Ton vorgebrachte Frage, ob er sich denn nicht bald ankleiden müsse, knurrte jener etwas Unverständliches, dann schien ihn ein grimmiger Humor zu überkommen, der ihn leise lachen machte. «Scheußliche Kopfschmerzen... Wollen Sie mich vielleicht vertreten?»
Zenobi schwieg betroffen.
«Na, für eine Flasche echten Kognaks können Sie das Hauptvergnügen haben... ja?... Na, vorwärts», stieß er mit einer antreibenden Handbewegung hervor.
«Im Ernst?» Langsam glättete sich in Zenobi der innere Aufruhr.
«Los, los... Keine Umstände!»
Nun willigte Zenobi ohne Schwanken ein – er war schon unterwegs – und traf seine Vorbereitungen, bei denen ihm der Leutnant an die Hand ging, mit einer Unbefangenheit, die diesen in Erstaunen gesetzt haben würde, wenn er in seiner Verfassung einer klaren Erwägung fähig gewesen wäre. So schien es ihm nur ein schneidiger Witz. Doch als Zenobi prächtig verwandelt in seinem Kleide vor ihm stand, die Hand lässig mit der silbernen Säbelquaste spielend, den Tschako vorschriftsmäßig unter dem Arm, ging ein Schatten über das Gesicht des Offiziers, wenn es ihm auch nicht bewußt wurde, daß dieses Bild einer Laune seine Wirklichkeit übertraf.

Zenobi aber wurde in seinem neuen Kleid wie in einer Wolke dahingetragen, die alle Hindernisse vor ihm hertrieb und zunichte machte. Türsteher, Diener, Empfangskomitee neigten sich, der Saal wogte um ihn wie ein Ährenfeld. Dann stand er im Kranz der Damen, sprach verbindliche und ehrerbietige Worte, winkte Kameraden kurz und freundlich zu, grüßte Vorgesetzte in ritterlicher Haltung. Er nahm angeregt am Bankett teil, tanzte leicht und leise sporenklirrend mit ausgezeichneten Schönheiten, die lässig in seinem Arm lagen, und fand sich um Mitternacht im Schutze einer tiefen Fensternische einem jungen, braunäugigen Mädchen gegenüber, das in hingebungsvoller Haltung seine Hand gefaßt hielt. Sie fragte:
«Werde ich Sie wiedersehen?»
Zenobis Augen ruhten mit einem Entzücken, das er nicht verbarg, auf der weißen Gestalt, auf dem anmutig geneigten Kopf, in dessen dunklem Haar eine Rose prangte. Er sprach:
«Morgen schon muß ich fort. Was ich heute bin, bleibe ich Ihnen und Sie mir. Es bleibt Liebe...»
In einer Wallung, die das ganze Glück dieses Abends mit einemmal an sein trunkenes und törichtes Herz trug, drückte er das liebliche Mädchen an sich. Wußte er von seinem Spiel, oder redete das geschaffene Bild kraftvoller Jugend, von festlicher Umgebung beflügelt, im Einklang mit

der schwebenden Musik aus ihm –, genug, er fand Worte, die ihn in der wunderlichen Lage, in die er sich ohne Bedenken begeben hatte, im Gleichgewicht erhielten. Er fuhr fort:
«Je mehr ich weiß, daß ich Sie liebe, um so weniger darf ich bleiben. Jetzt... hier, in diesem Augenblick gehöre ich Ihnen ganz, morgen trägt mich mein Pferd, mein Dienst – was weiß ich – irgendwohin, wohin Sie mir nicht folgen können. Uns locken Gefahren, lockt das Ungewisse, selbst der Tod. Dies ist unser Mut, den man rühmt, das einzige, worauf wir uns verlassen können. Darum, Liebe, kein Versprechen, nur Liebe...»
Mit einer Bewegung, die seine Geste groß und pathetisch machte, küßte er die halb Ohnmächtige, dann ließ er sie sanft und zärtlich in einen Sessel lehnen und entfernte sich rasch.
Unbeholfenheit überkam ihn mit Erschrecken, als er sich allein auf dem hellen Platz vor dem Hause fand. Die klirrende Kadenz seiner Schritte stockte und verwirrte sich. Hätte ihn einen Augenblick zuvor jemand angerufen, dann wäre er wohl wie ein geweckter Nachtwandler auf der Stelle hingestürzt. Vorsichtig suchte er die dunkelsten Gassen für den Heimweg, lief mehr als er ging, bis er das Haus erreichte, und sein Herzschlag beruhigte sich erst, als er Kleider und Waffe eiligst von sich getan und sie leise in den

Salon der Wirtin getragen hatte. In seinem Bett endlich fühlte er sich kindlich geborgen und von einem großen Gefühl durchwärmt. Eine Weile noch wälzte er in seinem Kopf Pläne eines abenteuerlichen Wiedersehens und eines großen Aufstiegs, bis ihn gesunder Schlaf übermannte. Indessen träumte die junge Schöne, wach und glücklich in ihrem Unglück, den Traum des Lebens von ihrem Helden.

II

Die denkwürdigen und so ungewöhnlichen Ereignisse jenes Abends bewirkten kaum eine Veränderung im äußeren Lebensgange Zenobis, doch in ihm selbst begann eine Wandlung, welche ihn lehrte, seine Fähigkeiten, die ihm bisher nur die dunkle Quelle verworrener und beglückender Erregungen waren, als solche zu erkennen und weiter zu entwickeln. Ältere Schriftsteller würden gesagt haben, es sei in ihm der seltsame Drang gewesen, öffentliche Tugenden zu personifizieren, d.h. solche an Personen, die in der Öffentlichkeit, sei es durch einen ausgezeichneten Beruf wirken oder durch die Vorzüge ihrer Person selbst. Wir aber, welche zwischen Tugend und Laster, in ihrer Folge wenigstens, nicht mehr unterscheiden können, mögen uns begnügen, zu sagen, daß Zenobis Empfindlichkeit von jeder Darstellung in der Öffentlichkeit gereizt wurde, ihren Träger in sich nachzubilden und die beglückende Wirkung in seiner Vertretung zu wiederholen. Oder, wo dies nicht tunlich war, genügte es ihm, an der Zelebrierung wenigstens teilzunehmen. Es wuchs in ihm eine immer lebhaftere Anteilnahme an Menschen der Öffentlichkeit jeder Art, vielleicht weil das in ihm rumorende Leben nur so einen Ausweg fand. Wie ein Magnet nur Eisen und Eisenartiges an sich zieht, so zog sein Wesen aus den mannigfachen Inhalten menschlichen Lebens und Tuns, das sich ihm darbot, nur das an sich, was sich unmittelbar als Geste und Ausdruck ihm mitteilte und einprägte. Er brauchte kaum zu beobachten, und was ihm aus Zeitungen und Büchern, guten und schlechten, zugänglich war, lieferte ihm eine wachsende Bereicherung seiner Kenntnisse. Jede Art öffentlicher Schaustellung fand ihn allmählich nicht nur als Zuschauer, er begnügte sich nicht mehr damit, nur Zaungast zu sein. So erschien er einmal beim Empfang eines hohen Würdenträgers im schwarzen Kleid und hohen Hut, eine bescheidene Rosette im Knopfloch, fand durch die Unbefangenheit seines Auftretens ohne weiteres Zutritt zu dem reservierten Raum der Eingeladenen und wurde sogar mit einem Händedruck des Erwarteten beehrt.

Bei einem großen Kirchenfest unter Assistenz von Militär und Musikkapellen auf dem weiten Platz vor der Kathedrale wäre es ihm einmal fast schlimm ergangen, als er mit der Sicherheit des Zugehörigen durch das Spalier schreiten wollte und ihm ein Soldat mit vorgehaltenem Gewehr den Weg versperrte. Zenobis Haltung war ganz Würde und Mißbilligung. Mit einer Handbewegung, die den lästigen Störer gleichsam unkörperlich beseitigte, versuchte er vorzudringen. Der Soldat wurde grob, packte ihn an der Schulter und drohte mit Arretierung. In diesem kritischen Moment ging ein Offizier in Paradeuniform, Eichenlaub auf dem Tschako, in der Nähe vorüber. Zenobi schüttelte die Hand des Soldaten ab, winkte jenem verbindlich und sagte lächelnd, mit leisem Ärger in der Stimme:
«Ich habe wirklich nicht daran gedacht, mich von meinem Onkel mit irgendeinem Zettel versehen zu lassen...»
Und mit einer ausdrucksvollen Verbeugung, welche den Anspruch, der in den folgenden Worten lag, höflich mildern sollte, schloß er:
«Ich bin der Neffe des Herrn Erzbischofs.»
Der Offizier errötete vor Vergnügen, grüßte militärisch und geleitete Zenobi fast bis vor das Kirchenportal.
Ein anderer Vorfall hätte ihm fast eine Art Berühmtheit eingetragen, wenn er mit Rücksicht

auf seine besonderen Umstände es nicht vorgezogen hätte, seine Anonymität zu wahren. In der Stadt war ein alter Dichter gestorben, dessen Name zehn Jahre vorher noch auf den Lippen aller war, die den Anspruch machten, von der Poesie bewegt zu sein. Einige seiner Dichtungen waren bereits in die neuen Schulbücher aufgenommen; junge Leute, die auf sich hielten, wußten berühmte Verse auswendig. Es war auch seinerzeit unter den Menschen viel die Rede von seinem bewegten Leben gewesen, von der Leidenschaftlichkeit seiner Natur, die ihn umtrieb, und von den Konflikten, die sie in seiner Familie verursachte. Aber auch die in bürgerlicher Sitte Gebannten waren geneigt, über solche Extravaganzen verzeihend hinwegzusehen bei einem Manne von so außerordentlichen Gaben des Geistes. Um so erstaunter war Zenobi, als er in Erwartung eines großen Andranges von Teilnehmenden, von Abordnungen, Kranz- und Würdenträgern sich im Trauerhause einfand und durch niedrige drei kleine Stuben, deren Türen ineinander geöffnet waren, zwei schwarz verschleierte Frauen an dem einfachen Sarge stehen sah, einen aufgeschossenen Knaben mit zu kurzen Beinkleidern am Fenster und noch vier oder fünf Menschen, die verlegen an den Wänden klebten. Unterwegs schloß sich noch eine geringe Anzahl Leute dem kleinen Zuge an. Als am Grabe die Reihe auch an Zenobi

kam, die Schaufel zu ergreifen, um dem Abgeschiedenen die drei Schollen Erde auf den Sarg zu werfen, und der Geistliche umherblickend seine Kopfbedeckung aufzusetzen im Begriffe stand, um die Zeremonie zu beschließen, hörte er neben sich eine der verschleierten Frauen in fast flehendem Ton leise sagen:
«Bitte, bitte, sprechen Sie doch einige Worte.»
Zenobi war tief bewegt. Und als stünde er hier für die ganze abwesende Welt, die den Dichter vergessen hatte, begann er:
«Du großer Mensch, großes Herz der Menschen, nun gehst du so still zur Ruhe ein...»
Dann sagte er, daß die Menschen mit Recht vielleicht durch äußeren Pomp jene ehren, deren Abschied von der Welt sie auch der Vergessenheit überliefere; wer aber die Unsterblichkeit im Herzen der Menschen sich gesichert, der bedürfe solcher Ehrung nicht. So wüßten die Menschen auch nichts vom Tode ihrer großen Männer, denn diese leben nicht nur in ihrem Gedächtnis, sondern wirklich mit ihnen weiter. Denn ihre Wirklichkeit sei doch nichts anderes als ihr Werk... Das alles sprach Zenobi, als lese er es aus einem Buch, oder es flüstere ihm jemand unsichtbar zu, während neben ihm die Frauen laut schluchzten und vorwurfsvoll fast, wie es Zenobi schien, als wenn ihnen durch seine Worte Abbruch geschähe...

Da wurde er unsicher in sich selbst, suchte nach Worten und fand zum Abschluß solche, die bei Trauerfeiern üblich sind und wie er sie oft gehört oder gelesen hatte. Darauf nahm er würdig und bescheiden den Dank der Trauernden entgegen.

Tags darauf war in einer der hauptstädtischen Zeitungen zu lesen, welch einen würdigen Verlauf die Bestattungsfeier des Dichters genommen, besonders durch die bewegende Rede, die ein naher Freund des Verschiedenen am Grabe gesprochen habe. Die Wiedergabe war zwar ungenau und sinnwidrig, doch bewirkte sie immerhin, daß einige repräsentative Personen sich getroffen fühlten und im stillen bedauerten, diese Gelegenheit, sich darzustellen, versäumt zu haben. Wobei es nicht zu vermeiden war, daß sie einen Augenblick auch an den toten Dichter dachten und sich wunderten, wie er unter ihnen gelebt hatte und gestorben war, ohne daß sie es recht wahrgenommen haben. Doch für die Dauer begann der Schauplatz für sein ausgreifendes Leben in dieser Stadt Zenobi zu eng zu werden, besonders da auch die Gefahr wuchs, daß die gesteigerten Ansprüche an seine Zeit auf Kosten seiner bürgerlichen Tätigkeit ihn immer mehr in Verlegenheit bringen mußten. Denn ohnehin konnte er nur noch mit Hilfe von Ausflüchten und unter Vorwänden die häufige Vernachlässigung seiner

Pflichten rechtfertigen, auf welche der Prinzipal immer aufmerksamer wurde. Zenobi hatte indessen schon die zweite Stellung gewechselt, und sein neuer Herr fand sich kaum mit ihm zurecht. Zenobi fühlte oft jenen mißtrauischen und forschenden Blick auf sich ruhen, und hätte nicht Not und Erfahrung seiner dürftigen Jugend ihn gewarnt, so wäre er wohl eines Tages mit einer verblüffenden Rede vor den Mann hingetreten, die diesem bewiesen hätte, in welchem Irrtum er sich befand, wenn er meinte, einen Gehilfen namens Zenobi in seiner Handlung zu beschäftigen. Es kam auch vor, daß Besucher und Kunden nachdenklich und plötzlich stumm auf Zenobi blickten, als suchten sie in ihrer Erinnerung einen Zusammenhang zwischen einem Vorgang, der ihnen bekannt war, und seiner Erscheinung. Einmal fragte sogar eine Dame Zenobi geradezu, ob sie ihn nicht bei einer Gerichtsverhandlung gesehen, – sei er Jurist? – oder ob er einen Bruder oder Verwandten habe, der ihm so auffallend gliche. Ihm selbst wurde die große Stadt schon zu klein. Er träumte von größeren Dingen. Er schien den Umkreis des hier Möglichen bereits durchlaufen zu haben. Er las die großen Zeitungen der Residenz mit wachsender Sachkenntnis und erwog eine Veränderung, die ihm einen höheren Einsatz im Spiele des Lebens gewähren sollte. Doch da sich ihm, je älter er wurde und in das

Doppelspiel hineinwuchs, die Wirklichkeit seiner Notdurft fast zum Schein verflüchtigte, während die wechselnden Gestalten, die er annahm, den wahren Inhalt seines Daseins bildeten, geriet er bei allen solchen Erwägungen in einen Zustand, der einem fortwährenden Schweben und Fallen glich. Er kam dabei auf keinen Grund. Schien es ihm etwa, er müßte, um nach der Residenz zu kommen, sich um diese oder jene ausgeschriebene Stellung bewerben, so begann er das Bewerbungsschreiben mit der Anrede: Ew. Exzellenz, hochmögender Herr Minister... Dann folgte eine wohlgesetzte Ansprache eines Bürgermeisters der Stadt, die im übrigen ganz vernünftige Vorschläge zur Einführung notwendiger Verkehrsverbesserungen enthielt. Oder er hatte plötzlich den Einfall, sich dem Kaiser als geheimen Gehilfen anzubieten, der ihn über alles, was ihm wissenswert wäre, über die Zustände der Länder und der Menschen unterrichten würde. Dann sah er sich in geheimen Missionen, mit besonderen Vollmachten ausgestattet, in den Expreßzügen durch die Welt reisen. Er ersann hundert Dinge von größter Wichtigkeit, die er zur Kenntnis des Herrschers brächte – wußte aber dabei zugleich, daß er es auf eine sehr kleine und einfache Weise anstellen müsse, wenn er nach der Residenz gelangen wollte. Es fehlte ihm auch nicht an einem gewissen Humor für seine Lage, und keinesfalls hätte er sich, während er jene phantastischen Schriftstücke verfaßte, beim Wort nehmen lassen, als glaubte er damit einen wirklichen Schritt in der Richtung seiner Absichten zu tun. Es war schön und erregend, so im Dunkeln zu spazieren und die Zukunft wie einen fernen hellen Schein am nächtlichen Himmel zu sehen... Während er nun bald lässig auf einen Ausweg sann und bald wieder seiner Einbildung die Zügel schießen ließ, trug eine Woge den sorglosen Schwimmer, der sich dem Element überließ, wie von selbst an das Ziel seiner Wünsche.

III

Auf einem der riesigen Exerzierplätze, die in der Nähe der Residenz- und Weltstadt sich bis an die Niederungen und Dickichte eines großen europäischen Stromes hindehnen, spielten sich an einem frischen Herbstmorgen jene bewegten Szenen ab, die dem Auge eines die Ordnung und das Vaterland liebenden Menschen ebenso wohlgefällig sind, wie sie das Herz des Kindes entzücken. Doch diese unter dem strahlenden Himmel auf das noch taufeuchte Blachfeld ausgestreuten regelmäßig abgeteilten Blöcke, exakt wandelnde Vierecke, bald laufende, bald kauernde Doppelketten und Schnüre, die sich wie Gummibänder zusammenziehen und ausdehnen, setzen sich aus richtigen, lebendigen Menschen zusammen, die meist gar nicht spielen wollen. Und die Meister des Spieles wissen das und haben altehrwürdige strenge Grundsätze und Regeln zur Anwendung zu bringen, um sie dazu zu zwingen. Sie kennen den Ernst und wissen das Ziel, wenn sie sich auch stellen, als sei ihnen das Spiel selbst Zweck. Es ist nicht gut, daß die Spielenden stets an den Ernst erinnert werden, und es ist auch nicht gut, daß sie sich im Spiel vergessen. Man läßt sich am besten auf gar nichts ein... Und deshalb auch haben sie zwischen sich selbst und ihrem Objekt eine Grenze gesetzt, die unüberschreitbar ist und sie von jenen so entfernt hält, wie die Sterne, deren Abbilder in Gold und Silber sie auf Kragen und Achselklappen tragen. Daß jemand willig ist und eifrig bei seiner Arbeit, das mögen zivilistische Tugenden sein; hier spielen sie keine Rolle und es kann nicht davon die Rede sein. Denn in der Tat, wie sollte man ohne Verlegenheit davon reden, wenn jene dazu gebracht werden sollen, Gewalt und Tod ohne Besinnen gegen ihresgleichen vorzutragen... Mit ihnen sollte etwas Furchtbares, kaum Auszudenkendes geschehen, und sie sollten es auch anderen zufügen. Ist das eigentlich eine nach irgendeinem beruflichen Maß zu bewertende Arbeit und nicht vielmehr das Gegenteil von ihr? Darum spricht man nur in Befehlen und Strafen und redet, wenn es einmal sein muß, in Symbolen. Für den Mann, der bestimmte Zeiten ohne Strafen im Dienst hinter sich gebracht und gewisse Ziele der Ausbildung erreicht hat, gibt es ja die untere Hierarchie, die jedem genau zumißt, was ihm gebührt. Der beste Soldat – übrigens gibt es keinen besten Soldaten, alle sollen die besten sein – ist deshalb in den Augen seiner Vorgesetzten der, welcher in keiner Weise, weder im Guten noch im Bösen, sich bemerkbar macht; der als Teil im Ganzen so sicher eingebaut ist und funktioniert, daß er als Selbst unsichtbar wird. Denn was ist Einer, sei er wer und was immer, wo es auf Tausende, ja auf Zehntausende nicht ankommt!... Und nun – man denke – war da in einem schmalen Bande einer mäßigen Doppelreihe, die als ein blauer länglicher Fleck mit einigen verstreuten Punkten herum sich in der Nähe der Pappeln weit östlich fortbewegte, ein Soldat – ein Unikum von einem Soldaten, der auf eine sonderbare Weise die Aufmerksamkeit auf sich lenkte. Täglich fast kamen die jüngeren Offiziere bis zum Hauptmann zum Übungsplatz der dritten Kompanie der Unteroffiziersschule, deren rechter Flügelmann Zenobi eine Art von Attraktion geworden war, eine angenehme Unterbrechung im Einerlei des täglichen Dienstes. Nicht daß an seiner Haltung oder an seinem Schritt oder an der Ausführung der vorgeschriebenen Übungen etwas zu tadeln gewesen wäre – im Gegenteil: an Exaktheit, Sicherheit und Raschheit übertraf er wohl die meisten seiner Abteilung, die an sich schon eine Gruppe von Bevorzugten war, mit der Anwartschaft auf die untere Führung. Aber in der Art, wie er sein Bein schwang, den Fuß setzte, wie die Hand ans Gewehr fuhr, der Kopf die vorgeschriebene Wendung machte, der Körper in Spannung verharrte und beim Vorwärtsstürmen ausgriff, darin lag ein freier spielender Rhythmus, ein schön gebändigter Elan, der zum militärischen Drill sich verhielt wie ein Meisterwerk zu seiner Kopie. Dem militärischen Auge fiel da ein Mehr auf über die geforderte Leistung, aber etwas, das eigentlich unstatthaft und komisch war, und doch konnte man den Mann deshalb nicht anfahren oder ihm sein Mißfallen ausdrücken. Die Offiziere standen da, schmunzelten, verbissen ein Lachen, wenn die Abteilung am Schlusse vorbeidefilierte, und um ihnen das Vergnügen länger zu gönnen, ließ der befehlshabende Oberleutnant die Übung mehrmals wiederholen. Dann konnte man Zenobis Gesicht beim Vorbeischreiten in einer sich steigernden Ekstase leuchten, ihn die Glieder mit wahrer Verzückung schwingen sehen; wodurch es noch komischer wurde. Wie auf dem Theater kam es ihnen vor, und sie sagten es auch und hatten nicht viel Vertrauen zu Zenobis militärischer

Karriere. Es war auch spaßig, ihn gelegentlich anzusprechen. Bei aller vorschriftsmäßigen Dienstlichkeit der Haltung und der Kürze der Antwort stand er da wie ein Prinz und Held, der sich der Übereinkunft der militärischen Rangordnung in edler Bescheidenheit zu fügen gelobt hat... Doch eines Tages, bei der großen Regimentsbesichtigung, als die Musik zum Schlußexerzieren mit einem feurigen Marsch einsetzte, und Zenobis Abteilung im dröhnenden Sturmschritt sich näherte, beugte sich der Kommandierende plötzlich aus dem Sattel, klemmte, wie um besser sehen zu können, sein Glas ins Auge und schrie:
«Was tanzt dort für ein Clown daher? Was ist denn das, Herr Hauptmann, mit dem Flügelmann? Verrückt geworden, wie?»
In der Tat, mit Zenobi war etwas vorgegangen. Das Gefühl der Vorbereitung zu einer Schlacht hatte ihn schon am Morgen beim Ausrücken ergriffen und während der ganzen Übung sich gesteigert. Als nun die Kapelle einsetzte, die Trompeten erschollen und der aufgewirbelte Staub wie Pulverdampf in die Höhe stieg, überwältigte es ihn solchermaßen, daß er nichts mehr sah und hörte und mit geschwungener Kappe brüllend aus der Reihe stürzte. Er erhielt in Anbetracht seiner guten Führung nur drei Tage Mittelarrest und wurde dann als Schreiber in die Regimentskanzlei versetzt.

Hier in der Rechnungsabteilung ging es ihm nicht schlecht. Der Dienst war gemächlich, die Vorgesetzten erträglich, und da nicht zu irgend jemandes persönlichen Vorteil gearbeitet wurde, fehlte jener unangenehme geschäftliche Eifer, der täglich etwas erraffen und vor sich bringen muß und der ihm von jeher so zuwider war. Nachdem er die Betäubung seines Sturzes überwunden, begann er sich in der neuen Stellung wohl zu fühlen. Er ruhte eine Zeitlang von den Anstrengungen des letzten Jahres aus und hielt auf dem neuen Schauplatz Umblick. Denn was ihn da zuerst gefaßt hatte in diesem Jahr und mit ihm verfuhr, als sei er gar nicht er, sondern irgendein Ding, das jedem Belieben ausgesetzt ist, hatte nicht die geringste Ähnlichkeit mit irgend etwas, das er kannte, und sicherlich nicht mit einem schönen und freien Leben, wie er es geträumt. Doch wer anders als Zenobi wäre so fähig gewesen, zu erkennen und mit Enthusiasmus zu bejahen, daß hier für die freiwillige Drangabe seiner Freiheit ein Gut zu erringen war, das auf die Höhen der Menschheit führte... Wenn der Zwang ihn drückte, entwich er ins Heldische; hier war er in seinem Element. Mochte er seinen Kameraden drum auch als Kauz erscheinen, mit dem es nicht ganz richtig war, oder den praktischen und so ganz unheldischen Unteroffizieren mit seinem närrischen Eifer lächerlich, so war *er* es doch und nicht *sie*, der dem Bilde des Soldaten, wie es in den Büchern stand und wie es ihnen auch bei feierlichen Gelegenheiten von den Oberen gepriesen wurde, am meisten und wirklich glich. Zwar, abgesehen von seinem dienstlichen Eifer, war an ihm noch anderes, das die Kameraden mißtrauisch machte. Zenobi indessen wunderte sich, wie hier alles eigentlich umgekehrt war: daß die Helden keine sein wollten, wie es schien, dagegen einer, der von selbst tat, was man mußte, über die Achsel angesehen wurde. Als dann an jenem Besichtigungstage die Katastrophe eintrat und er dazu den Hohn und das Gelächter der Kameraden zu tragen hatte, da war zum ersten Male kein Licht in ihm und zum ersten Male hatte er sich fragwürdig und bedroht gefühlt...

Am Abend im Mannschaftszimmer, nach dem großen Putzen, sagte sein Bettnachbar Zimmermann, ein großer blonder Bursche, während er den blanken Gewehrlauf prüfend gegen das Licht hielt, mit seinem tiefen Baß gleichsam in die Luft hinein:

«Immer die Dummen haben's Glück! Jetzt kriegst du deine Charge beim Federvieh noch früher als unsereins und brauchst keinen Schießprügel mehr anzurühren.»

Er stellte das Gewehr bedächtig in den Ständer und wandte sich zu Zenobi um, der am Fußende des Bettes saß.

«Und wenn es einmal gegen den Russen losgeht, sie reden ja immer davon, da sitzt du fein hinten bei den Bäckern und kannst dir ein schönes Stück Geld verdienen. Ich aber werde auf meine gesunden Knochen nicht einmal einen Dreier als Hypothek kriegen – kannst du sicher sein!»
Und als Zenobi immer noch schwieg, sah ihn Zimmermann prüfend an und schloß kopfschüttelnd:
«Wärst du nicht ein ausgemachter Narr und Hanswurst, so könnte man meinen – ja, schlauer hätt' man es sich gar nicht ausdenken können.»
«Ach, was der kann», rief jemand aus dem Halbdunkel in der Nähe, «das können wir noch lange nicht. Der kann, wenn er will, gleich morgen Tanzmeister werden!»
«Oder Feldmarschall!» rief ein anderer in das brüllende Gelächter hinein.
Zenobi saß ungewöhnlich still da, eingehüllt in seine Niederlage, und rang um einen Gedanken, der ihn befreien sollte; denn er ertrug es nicht, lange unter einem Übel zu leiden, das von draußen kam und in ihn eindringen wollte. Die Worte Zimmermanns und die Ausrufe ringsum halfen ihm. Er schüttelte sich wie ein Vogel, bevor er aufsteigt, und rief mit seiner hellen Stimme in das Getön hinein:
«Und was seid ihr? Wißt ihr es denn?»
Darauf wurde es bedrohlich still.

«Soldaten seid ihr nicht. Ein jeder würde morgen wieder zu Hause sein, wenn man ihn ließe, nicht?»
Wilde Flüche wurden hörbar.
«Und was einer zu Hause ist, ist er es denn, weil er so will, oder weil er muß, he?»
Er achtete nicht auf die Zurufe, stieg in die Höhe: «Seht, ein Baum steht da, wo man ihn hingepflanzt hat, er kann sich nicht bewegen und woanders hingehen. Ein Hund, ein Pferd, ein Ochse kann das wohl, aber man bindet sie und zwingt sie, das zu tun, was man von ihnen will, und sie gewöhnen sich... Und ein Mensch? Kann nicht ein Mensch mehr? Ein Mensch kann gehen, wohin er will, und sein, was er will. Ein Mensch kann alles sein!» Da lachten sie wieder, aber er fühlte sich im Recht und ließ sie hinter sich.

Hier in der Residenz war ein neues weites Gebiet, in dem er sich auf seine Weise ausbreiten und verlieren konnte. Wenn man nicht ganz genau hinsah, konnte man meinen, alle seien einander gleich. Die Menschen schienen nur durch die Kleidung unterschieden, und im Bereiche der gleichen Kleidung war man offenbar bemüht, besondere Erkennungszeichen zu erfinden, um nicht miteinander verwechselt zu werden. Auffallenderweise verschwanden fast diese Zeichen –

oder war das Auge noch nicht geübt? – je mehr man sich der höheren Schicht näherte, jener Sphäre der stillschweigenden und unangefochtenen Geltung, welche in der Zeitung ihre ständige Rubrik hat als die Welt der Persönlichkeiten. Über die Zugehörigkeit zu dieser Welt schwebt ein Geheimnis, das niemand kennt und das alle zu respektieren doch übereingekommen zu sein scheinen. Sie findet ihren volkstümlichen Ausdruck in der Fülle von ruhenden und bewegten Abbildern, durch welche die illustrierten Blätter in zahllosen und abwechslungsreichen Folgen die ständige Teilnahme des Großstadtvolkes am Leben und Wirken dieser Begünstigten zu erregen suchen. Zenobi freilich, der mit seinem angeborenen Sinn für Repräsentanz sich in ihre wahre Musterkarte eifrig vertiefte, machte erstaunt die Wahrnehmung, daß diese Bilderfülle, je mehr sie sich ausbreitet, weniger zum Kennen und Erkennen der Persönlichkeiten, als vielmehr zu ihrer Verwechslung beiträgt. Sei es, daß bei dem steten Zudrang und in der Hast des Betriebes tatsächlich Verwechslungen vorkommen, was immerhin denkbar ist, oder weil die gleichmäßige Arbeit der Repräsentation allmählich die Merkmale verwischt – jedenfalls ergab sich das Seltsame, daß man nach einiger Zeit nicht mehr wußte: war es der Minister X. oder der Boxer Y., der mit emporgehobenem Fuß die Stufen des Parlamentes hinabstieg; war es der Kammersänger A., der im Kreise der Seinen auf der Terrasse seiner Villa leutselig lächelte, oder der Botschafter B. in der Sommerfrische!... Schließlich konnte man die Töchter des Königs von Kappadozien nicht von einem berühmten Damen-Quartett unterscheiden, und der Vorsitzende der Sensationsprozesse war in seiner Amtstracht dem Vorstande einer bekannten Karnevalsgesellschaft zum Verwechseln ähnlich...

Daß Kleider Leute machen, ist wohl wie so viele ähnliche Sprüche, die in den Fibeln stehen, totes Erbe einer Vergangenheit, da das Kleid einen Stand ehrte, einen Beruf bedeutete, was jetzt, und das kaum noch, nur für den höchsten Stand und die niedersten Berufe gilt. Seitdem die Menschen nicht mehr das sind, was sie darstellen, und je weniger sie es sind, desto mehr Persönlichkeiten gibt es. Und Persönlichkeiten haben kein Kleid oder vielmehr, sie haben nur eins, das sich ihnen anpaßt und das merkwürdigerweise so unpersönlich ist wie sie selbst. Zenobi witterte auch sehr bald die Paradoxie gewisser Nuancen: daß ein Schauspieler wie ein Diplomat aussehen muß, oder er ist noch nicht berühmt genug; ein Diplomat wie ein höherer Landwirt oder Viehzüchter, ein gut bezahlter Reporter wie ein Minister, ein populärer Minister wie ein Schullehrer, eine Bankiersgattin, die etwas auf sich hält, wie eine Ko-

kotte. Noch belustigender war es, daß ein Erzherzog wie ein feiner Lohnkutscher auszusehen für gut befand, eine wirkliche Herzogin wie ihre eigene Wäschebeschließerin, ein General wie sein Pferdeknecht. Es war Zenobis Begabung, daß er aus alledem mehr lernte als andere aus dicken Büchern. Er fühlte sich zugehörig, und seine erste Sorge war, seine vorteilhaft sich entwickelnde äußere Erscheinung, der die militärischen Exerzitien Sicherheit und Beherrschung verliehen, in dieser Richtung immer bildfähiger zu entwikkeln. Und die Bildfähigkeit schien ihm sich mit dem unauffälligen Kleid des Weltmannes zu decken, der die Mode trägt, ohne sie zu unterstreichen. Mit der Findigkeit und Umsicht, die er seinen Sonderbarkeiten widmete, gelang ihm bald die Erscheinung leidlich, und wenn er seines Dienstes und seiner Uniform ledig, sich auf den großen Abendkorso begab, konnte er immerhin für etwas Bemerkenswertes gelten.

IV

Als Zenobi das Haus seines Onkels verlassen hatte, war er ein neugieriger, blind in die Welt sich stürzender Knabe gewesen, dem das andere Geschlecht Scheu und, wenn es gleichen Alters war, eine gewisse Verachtung sogar einflößte. Es war ihm vor allem aber auch fremd, da er von Kindheit an weder Mutter noch Geschwister kannte. Das unbeaufsichtigte Leben während der Zeit des Heranreifens in der großen Stadt seiner ersten Erfolge hatte ihn wie viele seinesgleichen mit manchen Mädchen und Frauen in Berührung gebracht, welche die Scheu überwinden halfen und natürlichere Regungen seines Alters weckten. Doch sei es, daß der unwiderstehliche Zug zu jenem anderen Leben, das er suchte, ihn von dem, das sich ihm willig darbot, ablenkte und ihm das Wort Liebe, das er um sich so oft sprechen hörte, in zu weite Ferne und Verklärung hinweg zauberte, als daß er es auf die Art Verkehr, wie er ihn um sich sah, hätte passend finden können, oder auch weil einfache Herzen wie seines geheimnisvoller mit der Schönheit verbunden sind, als wir und sie selbst es wissen, – genug, die gelegentlichen Annäherungen blieben ein befangenes Spiel der Geschlechter. Die bescheidenen Reize rührten ihn kindlich, doch die größere Erfahrung, die er meist vorfand, beschämte ihn, und die Redensarten machten ihn verlegen. Hätte er sich nur selbst einsetzen können in diesem Spiel und auf seine Weise eine Eroberung machen, so wäre es ein Roman nach seinem Herzen gewesen. Doch dazu kam es gar nicht. Was er gelten wollte, galt hier nicht, und was er sah, war ein einfaches, ja banales Geben und Nehmen, meist dürftig und bald versiegend. Das schale Schmachten und das grobe Renommieren, beides stimmte durchaus nicht zu den überraschenden Ergebnissen, daß hinterher eine Hochzeit mit ihrer komischen Feierlichkeit zustande kam oder daß ein uneheliches Kind geboren wurde. So erlag er, als die Zeit erfüllt war, wie alle, die mit ungeübten Kräften nach dem Höheren streben, der ersten groben und wohlfeilen Versuchung, robust genug übrigens, um aus dieser Niederlage mehr beruhigt als ernüchtert hervorzugehen. Gleichwohl war es ein Fall, der sich gelegentlich wiederholte, und erst jenes Ereignis der Ballnacht im Stadthause lehrte ihn, daß es ihm nicht gegeben war, den Weg des Fleisches zwischen Lust und Ekel zur Gewohnheit werden zu lassen. Seitdem wurde ihm Liebe zum Traum von Schönheit, und die Gestalt der Nymphe, wenn sie sich auch mit seinen eigenen Wandlungen wandelte, blieb doch stets jenes entschwundene Frauenbild, das dem Bilde seiner Jugend zuerst wahrhaft in Liebe begegnete...

Während seiner Dienstzeit hatte das harte und zur Wachheit mahnende Leben alle solche Regungen zurückgedrängt, jetzt, in dem neuen, bequemeren Dasein tauchten sie als weiche dunkle Wellen in langsam sich andrängender Bewegung empor. Die abendlichen Schluchten der brausenden Stadt schienen ihm köstliche Abenteuer zu bergen. Über dem Lichterspiegel des nassen Pflasters huschten eilige schmale Schatten, erregend, knäulten sich unter den elektrischen Sonnen vor festlichen Eingangstüren. Lachen, Sausen der Fahrzeuge, abgerissene Klänge, Windstöße – die große Brandung eines Herbstabends in der Stadt machten Zenobis Herz sehnsüchtiger, als es Wiesen und Wälder der Jugend je vermocht hatten. Er fühlte das andrängende Leben in sich, das an allem ringsum teil hatte – und war allein. Hier schienen ihm die Menschen aufgeschlossen, die Frauen schöner und zärtlicher, alles war nah und offen. Es schien, man brauche nur die Hand auszustrecken, und doch hatte er noch immer nichts greifen können... Zwar hätte er mit seinen Erfolgen zufrieden sein können, und er fühlte sich auch auf dem rechten Wege. Im Kino, als er an die Logenbrüstung getreten war, hatte er es um sich flüstern gehört, dann war der Name eines berühmten Darstellers gefallen, und viele Köpfe und lorgnonbewaffnete Augen waren ihm plötzlich zugewendet. Er lächelte mit abgewandtem Gesicht, als wolle er sein Inkognito nicht preisgeben, entfernte sich rasch, als es hell wurde, nicht ohne manchen dankbaren und bewundernden Blick mit kaum merklicher Neigung des Kopfes höflich zu erwidern. – Oder neulich abends im Kaffeehaus, als von einem entfernten Tisch geschickt, an dem sich eine Gesellschaft niedergelassen hatte, der Kellner zu ihm, der am Fenster allein saß, mit der Frage herantrat, ob er der Herr Kammersänger Ysop sei und den Herrschaften das Vergnügen machen wolle, ein Glas Sekt mit ihnen zu trinken. Zenobi, dem das unpassend schien, hatte ihm kurz bedeutet, er wünsche hier nicht belästigt zu werden, was auf die Haltung des Boten wie ein Druck von vielen Atmosphären wirkte, so daß er vor Hochachtung fast zusammenknickte. Einen Augenblick lang blitzte es in Zenobis Kopf vor Helligkeit auf bei diesem Anlaß: Konnten jene Leute wirklich glauben, der Mann, der Tod und Teufel zugesungen und lebensselig zur Hölle fuhr, würde sich jetzt mit ihnen gemein machen; oder jener andre Held, der das höchste Herrscheramt von sich warf, und im lebendigen Grabe mit der Geliebten vereint, im Zwiegesang der Erde entschwebte.

... Er wußte, was es um das schöne Singen sei, oder vielmehr, er hörte es plötzlich so schön, daß ihm vor Ergriffenheit die Tränen in die Augen traten; und hätte er sich entschließen können, an jenen Tisch zu gehen, so wäre es den Leuten dort schon aufgegangen, welche Begnadung dem Singenden zuteil geworden und was das sei – ein Kammersänger... Aber er war solche Erfolge bereits gewöhnt, und vielleicht war es eben jene Sehnsucht, die, weil sie seine Empfindung für alles steigerte, ihn jetzt hemmte, das wohlfeile und erprobte Spiel zu spielen. Wo war das, was er suchte?... Er mußte sein Gebiet erweitern.

In diesem Drange nach Ausdehnung wurde Zenobis Aufmerksamkeit auf etwas gelenkt, das ihm bei näherer Betrachtung eigens von den Menschen geschaffen schien, um ihren Begegnungen den Reiz und den Zauber des Geheimen und Zufälligen zu geben. Wenn er sich in die dichten Spalten der kleinen Anzeigen in den Zeitungen vertiefte, geriet seine Phantasie in die angenehmste Bewegung. Hier war ein herrlicher Tummelplatz. Hier verkehrte Unbekannt mit Unbekannt vermittelst eines Systems geheimer Zeichen, die schon an sich wie ein erregendes Winken aus dem Dunkel waren. Aber nicht nur wo der Mann die Frau suchte oder umgekehrt und durch ihre Verborgenheit lockten, sondern auch aus den mannigfachen Angeboten und Wünschen, die sich hier zusammenfanden, hörte er ein Rufen von Mensch zu Mensch, das wie ein Schrei nach dem Abenteuer war. Die Frau, die ihre Nähmaschine verkaufen wollte, schien ihm, konnte das sehr wohl in ihrer Nachbarschaft ausführen, sicherlich fände sie Leute genug in ihrem Bekanntenkreis dafür, die wieder andere wußten, wenn sie selbst kein solches Bedürfnis hatten. Doch nein, sie wollte, daß eines Tages ein Fremder erscheine, der selbst eine Überraschung war und etwas Neues hinzubrachte. Nicht anders der und jener, welche angeblich bestimmte Sachen sich wünschten. Wollten sie wirklich nur das, so fanden sie in den Spalten nebenan der Hinweise genug, wo es zu erstehen war. Es gab aber auch viele, die das Abenteuer offenbar unter dem Vorwand einer geschäftlichen Anknüpfung oder einer Stellung heranzulocken suchten, und manche gar sagten es gerade heraus, daß sie nach Paraguay oder Java wollten, gleichviel was sich ihnen dort bieten mochte. Hier konnte man ungebundener sich auswirken. Zenobi überließ sich diesem Spiel mit um so größerer Hingebung, je mannigfaltiger die Stichworte waren, die ihm der Zufall in reicher Fülle hinwarf. Und er wechselte die Rollen. Einmal war er der Anbietende, ein andermal der, welcher suchte – er kam jedenfalls auf seine Kosten.

Einmal hatte er mit einem Pächter, der nach Argentinien auswandern wollte und zu einem dortigen Landbesitzer Verbindung suchte, ein Zusammentreffen verabredet. Er hatte ihm geschrieben und ihn eingeladen, sich zu einer bestimmten Stunde am Abend in einem Restaurant der inneren Stadt einzufinden. Zenobi, der mit Absicht etwas später kam, erspähte schon von ferne an einem Tische den jüngeren, blondbärtigen Mann, dessen Hände und die fertig gekaufte städtische

Kleidung den Landmann verrieten. Gleich bei der Begrüßung bemerkte Zenobi das Erstaunen in dem Gesicht des andern und kam seiner Frage zuvor.

«Ich bin natürlich nicht der Besitzer selbst», sagte er nach einem Händedruck, während er es sich am Tische bequem machte. – «Ich bin der Neffe. Ich bin schon einige Jahre drüben und kehre nach Santa Fé zurück, wenn ich meine Geschäfte in Europa erledigt habe. Und nun lassen Sie uns erst etwas zu essen bestellen...»

Während des Essens kam das Gespräch in Gang. Der junge Pächter, dem der Wein, die Behaglichkeit des hellen Raumes, die feingekleideten Leute ringsherum und die fast herzliche Teilnahme des jungen argentinischen Gutsbesitzers warm machten, wurde zutraulicher. Zögernd erst, und dann durch Zenobis Liebenswürdigkeit immer mehr Vertrauen gewinnend, erzählte er von dem Mißgeschick, das er mit seiner Verlobung hatte...

«Also, Familie habe ich keine», erzählte er weiter. «Bei harter Arbeit Tag und Nacht, Sommer und Winter, mit Leuten, die nicht viel taugen, wirtschafte ich bei den schlechten Zeiten nichts Rechtes heraus. Gewiß, man kann leben, aber ich bin doch noch jung und habe nichts von der Welt gesehen. Und drüben, hört man, kann ein Mann, der arbeiten will, eigenes Land, Wohlstand und vielleicht noch etwas mehr erwerben.»

«Ja», begann Zenobi, «die Welt ist weit und groß bei uns dort. Ein Erdteil mehr als ein Land...»
Bei seinen eigenen Geschäften, dem Viehexport in Santa Fé, hielt er sich nicht lange auf, dafür erzählte er von Fahrten auf dem gewaltigen Paraná, von Ritten in den Pampas und wie er da bei einem fürchterlichen Gewitter und Staubsturm fast in eine Herde wilder, galoppierender Pferde hineingeraten wäre; von der merkwürdigen Stadt Mendoza mit ihren Silberminen und ihrem Gewühl von Indianern, Schwarzen und Mischlingen, am Fuße des gewaltigen Aconcagua... Und erst das südliche Meer, welch ein Zauber und welch ein Schrecken! Auf einer Reise zwischen den Falklandinseln und der Küste seien sie einmal fünf Tage lang mit ihrem Schiff bald auf bis in die Wolken ragende Wellenberge hinaufgeschleudert, bald in Abgründe gestürzt worden, daß sie dachten, die Meerestiefen hätten sich gespalten, um sie zu verschlingen. Wie durch einen Engpaß von Wasserbergen mußte das Schiff sich durchdrängen. Man hatte allmählich das Gefühl verloren, auf einem von Menschenhand gelenkten Schiff zu sein. Man meinte, auf der glatten, wassertriefenden Haut eines gewaltigen Fisches zu sein, der in dem tobenden Wassergebirge nach Laune auf- und untertaucht...
Der junge Pächter, erst befremdet, folgte mit wachsender Spannung der lebhaften Schilderung.

Er stellte Fragen, die Zenobi anregten, seine Erzählung auszudehnen, zu steigern, und war schließlich fast enttäuscht, als dieser, zu der Angelegenheit, die sie zusammenführte, mit einer plötzlichen Wendung zurückkehrend, ihn in der ruhigen und fruchtbaren Landschaft zwischen dem Paraná und Uruguay absetzte.

«Hier», sagte Zenobi, «dehnt sich unendlich das fruchtbare und gut angebaute Land, mit Wäldern und Siedlungen. Man glaubt in der Heimat zu sein...»

Und sie sprachen noch lange von den Aussichten, die sich einem fleißigen Landwirt dort bieten.

Der Pächter wollte sich noch alles genau überlegen und ihm schreiben. Als er dann im dünnen Regen des späten Herbstabends durch die wimmelnden Straßen seinem Quartier zustrebte, fühlte er sich von der Unruhe, die ihm seine Pläne wochenlang verursacht hatten, plötzlich angenehm befreit, erleichtert. Dabei schien ihm sein Vorhaben, auszuwandern, jetzt übereilt. Er wußte nicht, daß er das Abenteuer Argentinien mit Hilfe Zenobis soeben vorweggenommen hatte. Doch angenehm erregt, wie er war, zog ihn das Getriebe der Stadt, in dem er sich sonst fremd fühlte, sonderbar an, und er war nicht abgeneigt, sich hereinziehen zu lassen.

Ähnlich erging es Zenobi mit manchen anderen, die ihm auf diesen Wegen begegneten. Ihre

Wünsche, ihre Absichten schienen sich in der Phantasie dieses Partners zu erschöpfen, zu verflüchtigen. Und er hörte selten wieder von ihnen. Nur ein Mann, ein kleiner, vergrämter Vierziger mit gierigen Augen, der einen Teilhaber für ein Fabrikunternehmen suchte, war so hartnäckig, allen Auseinandersetzungen Zenobis über neue Absatzgebiete unerschütterlich die gleiche Frage entgegenzuhalten: mit wieviel Kapital er sich beteiligen wolle. Bis Zenobi, durch diese unliebsamen Unterbrechungen geärgert, ihm schließlich erklärte: vor solcher ausgesprochenen Habsucht und Geldgier erwache in ihm Mißtrauen. Er glaube nicht, daß dem Unternehmen mit Geld geholfen werden könne.

Auf diesen Wegen begegnete er endlich auch der Frau.

«Zwei Damen von auswärts» suchten einige hübsche Zimmer in einer Gartenvilla mit guter Verbindung nach der Stadt. Für diese Damen interessierte sich Zenobi lebhaft. Er wollte sie kennenlernen. Erst machte er bei einer Streife in der Umgebung, in der Nähe eines schönen Parks, ein Haus ausfindig, in welchem man geneigt war, einige Räume an «distinguierte» Personen zu vermieten. Dem Besitzer stellte er sich als Beamter der höheren Verwaltungskarriere vor, erzählte, er sei von zwei Damen seiner Bekanntschaft, die aus dem Auslande kämen und die er als zur besten Gesellschaft gehörig bezeichnete, gebeten worden, eine passende Unterkunft für sie zu suchen. Und an die Damen schrieb er unter dem gleichen Namen, er sei von dem Villenbesitzer beauftragt, ihnen ein Angebot zu machen, und lud sie unter Angabe von Tag und Stunde ein, die Räume zu besichtigen, deren Vorzüge er ins beste Licht setzte. Er erhielt darauf eine zustimmende Antwort, die mit Frau Bessener gezeichnet war. Zur bestimmten Zeit wartete er in der Nähe des Hauses, sehr gespannt, doch für den Fall, daß die Angekündigten schon nach ihrem Äußeren zu einem Fortspinnen des Fadens nicht einladen sollten, entschlossen, sich unbemerkt zu entfernen und die Angelegenheit sich selbst zu überlassen.

Es war ein frostig trockener, sonniger Nachmittag im Januar, in der kahlen Allee knackte in der Stille zuweilen ein Zweig, eilte ein Fußgänger, Hände in den Überrocktaschen, vorbei. Als die Verspäteten zögernden Schrittes und die Hausnummern an den Gittern der Vorgärten ablesend näherkamen, konnte Zenobi nichts an ihnen ausmachen, was ihm zu einer Entschließung helfen sollte. Es waren fast gleich große, in dicke, schwarze Mäntel bis zur Nasenspitze vermummte Gestalten, mit schwarzen Kreppħüten und Schleiern. Die eine etwas Kleinere stattlicher, die andere nur am federnden Gang des schlanken Fußes mit dem hohen Spann als die Jüngere kenntlich. Sie waren fast vor dem Hause angelangt, wandten sich lebhaft sprechend und wie suchend um, während Zenobi auf der gegenüberliegenden Seite langsam in der gleichen Richtung ging. Länger zu zögern schien ihm nun unpassend. Er stellte sich vor und sorgte, daß sie bald ins Haus kamen. In der warmen Diele öffneten die Damen ihre Mäntel, schlugen die Schleier zurück –, und Zenobi war von der Schönheit der Jüngeren so betroffen, daß es ihm die Sprache benahm, seine zweideutige Lage zwischen dem Hausherrn und den Fremden im Gleichgewicht zu erhalten. Er verlor fast die Fassung. Während sie die Räume besichtigten und bei der Verhandlung war er bald zu ihrer Rechten, bald zu ihrer Linken, verwirrt, maßlos erstaunt, mit jedem offenen und verstohlenen Blick immer neue Schönheit zu entdecken. Unter dem vollkommenen Bogen der Brauen, hinter dem Schleier der langen Wimpern streifte ihn manchmal ein gedämpfter Blitz abwehrend, doch ruhig...

Nein, es konvenierte den Damen nicht. Resolut erklärte Frau Bessener, den Schleier ordnend über die grauen Scheitel, es sei ihr zu teuer. Es sei hübsch, aber sie werden, wie es scheint, sich eben bescheidener einrichten müssen. Die Damen kamen vom Westen, das hörte man ihrer Sprache

an. Zenobi folgte ihnen mitgezogen, als sie unter Entschuldigungen das Haus verließen, schloß sich ihnen an, bot ihnen eifrig seine Dienste an.
Nach einigen Tagen waren sie mit seiner Hilfe untergebracht, und er hatte die Erlaubnis, sie zu besuchen. Sie waren nicht Mutter und Tochter, wie er gemeint hatte. Frau Bessener war eine alleinstehende Verwandte des schönen Mädchens, das Helene hieß, und mit der Elternlosen seit langem beisammen. Stürmische Schicksale in der Familie, deren Spuren in gewissen Besonderheiten der beiden so verschiedenen Frauen sich ausprägten, zuletzt der Tod eines jüngeren Bruders des Mädchens, hatten die Auflösung des Hauses in einer alten Stadt am Rhein herbeigeführt und Helene bewogen, ihre in Schmerzen erworbene Freizügigkeit zu einer längeren Reise zu nutzen. An ihrem Abschluß gefiel es ihr hier so gut, daß sie beschloß, eine Zeitlang dazubleiben und vielleicht eine dauernde Niederlassung zu erwägen. Ihre Verwandte sollte bei ihr bleiben. Ihr vertrautes Verhältnis hinderte nicht eine weitgehende beiderseits respektierte Unabhängigkeit. Man hatte in ihren Kreisen eine gehobene Meinung von der neuen Stellung der Frau. Helene wollte indessen ihre an einer deutschen Hochschule begonnenen Studien hier wieder aufnehmen und auch andere Bildungsanstalten nutzen, die ihren Neigungen entsprachen.

Zenobi aber war schon von der ersten Begegnung an geblendet und hingerissen. Er hatte noch nie etwas so Schönes wie dieses Mädchen gesehen. Ein Glanz umfing ihn. Er trieb närrische Dinge, wenn er allein war. Mit geschlossenen Augen konnte er lange still stehen und versuchen, die hoheitsvolle Neigung ihres Kopfes, die Bewegung der Hand, einen unwillkürlichen Augenaufschlag, die leichte Öffnung des Mundes beim Sprechen in seiner Vorstellung nachzubilden und war beglückt, wenn ihm nur etwas davon wieder zu erhaschen gelang. Dann summte er vor sich hin oder brüllte wilde, improvisierte Gesänge in die Dunkelheit hinein. Wenn Schönheit ein Verdienst ist, so ist sie es vielleicht auch darum, weil sie ihre Verehrer kühn macht. Zenobi aber lief gleich Sturm und wußte es kaum. Bei der ersten Gelegenheit, die er fand, Helene allein zu sprechen – er begleitete sie von einer Besorgung nach Hause – schüttete er in ungeordneten Worten alles aus, was ihn bewegte, in einem Ton, als spreche er von einer Abwesenden und als heische er von einer an der Sache Unbeteiligten begeisterte Zustimmung für etwas, worüber seiner Meinung nach kein Zweifel walten konnte. Sie standen an ihrer Haustür, im Begriffe sich zu verabschieden.

«Gibt es wirklich etwas so Schönes...», murmelte er, sie betrachtend, mit einem glücklichen Lachen. «Wie soll ich eigentlich jetzt nach Hause gehen?»

An Huldigungen üblicher Art gewöhnt, empfand das Mädchen diese Ansprache als zu formlos, vielleicht auch als zu dürftig. Sie hatte bis jetzt geschwiegen oder mit einem Worte nur abgewehrt. Nun hob sie die Schultern zu ihrem schmalen Kopf empor –, eine ausdrucksvolle Geste von Kühle und verstärkter Abwehr – und sagte halb erstaunt, halb vorwurfsvoll:

«Wie reden Sie denn zu mir, sonderbarer Mensch?»

Zenobi war auch davon hingerissen, sah auf ihren Mund, suchte ihre Augen, die sie weggewendet hielt. Er sah nur, er hörte kaum.

«Bei Gott», sagte er treuherzig, «ich rede so, wie es mir ums Herz ist! Vielleicht fällt mir noch mehr ein. Was sage ich vielleicht? – Sicherlich, ich denke ja an nichts anderes. Sagen Sie mir, wann ich Sie wiedersehen darf. Morgen, in einem Monat, in einem Jahr... So, wie Sie jetzt dastehen, Helene», er skandierte den Namen langsam und freudig, «wahrhaftig, ich sage: Helene... das wäre für ein Leben genug!»

«Aber ich kenne Sie ja kaum!» sagte sie stirnrunzelnd.

Er ließ sie nicht ausreden.

«...oder sagen Sie gar nichts. Ich werde schreiben. Ich werde kommen, wenn ich es nicht länger aushalte, Sie nicht zu sehen. Lassen Sie mir noch Ihre Hand...»

Er küßte glühend ihre Hand, schwang seinen Hut wie eine Fahne und eilte davon, als wollte er durch keine Entgegnung oder ein störendes Wort sich von seinem Glück etwas nehmen lassen.

Er tat, wie er sagte. Er schrieb, und er kam. Ließ sie sich lange nicht treffen, dann tauchte er auf die unerklärlichste Weise überall auf, wo Helene sich hinbegab, begegnete ihr in der Tram, in Kaufläden, in Konzerten, im Theater. Er schien mit dem Spürsinn eines Tieres und der Allwissenheit eines Engels begabt, in allem, was sie betraf. Er war dabei nicht zudringlich, wartete, bis sie ihn ansprach, oder unterhielt sich mit Frau Bessener, die in ihrer Begleitung war. Er beklagte sich auch nie, war heiter und aufgeräumt und schon beglückt, ihr jedesmal eine neue Schönheit zu sagen, die er an ihr entdeckt hatte. Das alles blieb nicht ohne Eindruck. Helene war nicht im gewöhnlichen Sinne gefallsüchtig; das Leben in ihrer Umgebung und die Art, sich anzuziehen, war nicht danach gewesen, um Frauenschönheit besonders ins Licht zu stellen. Jetzt fing sie an, sich anders zu sehen, mit Zenobis Augen zu sehen. Sie fühlte sich schöner – und war dabei auch eine kleine ärgerliche Scham zu überwinden, so gab es dafür ein neues, erhöhtes Wohlgefühl, berauschend wie ein aromatisches Bad. Sie war davon auf eine eigentümlich körperliche Art gerührt und dem Urheber dankbar. Er brachte es dahin, daß sie ihm, als die Trauerzeit um war, erlaubte, sie bei ihren Einkäufen zu begleiten.

Einmal suchte sie Band und Blumen zu einem Kopfschmuck für ein Abendkleid. Die Modistin nestelte und probierte an ihr vor dem großen Stehspiegel herum, Zenobi stand diskret betrachtend beiseite.

«Unmöglich», flüsterte er händeringend, als die Verkäuferin sich entfernte, um etwas anderes in ihren Kartons zu suchen. «Wie können Sie Rot nehmen! Weil es jeder Brünetten steht? Sind Sie denn Jede, Helene? ... Ich flehe Sie an, decken Sie doch um Gottes willen diesen göttlichen Haaransatz nicht auch noch zu... Bitte, lassen Sie mich etwas aussuchen.»

Sie ließ ihn lächelnd gewähren. Mit einem Eifer und einer Sachkenntnis, als hätte er sein Lebtag nichts anderes getan, machte er sich daran, sie zu schmücken. Er nahm ein Grün, probierte, fand die richtige Nuance, unter der ihr mattgelber Teint wie eine Frucht erglühte, kombinierte es mit einem satten Orange, das aus dem blauschwarzen Haar wie eine Flamme herausschlug, fand zum Abschluß ein Samtband für den Hals, das eine kühne Harmonie ergab. Es war vielleicht etwas phantastisch, doch als sie sich damit im Spiegel sah, strahlte ihr eine so packende fremde

Schönheit entgegen, daß sie eine Weile selbst gebannt blieb. Er stand dabei, und sein Herz schlug in großen Rhythmen vor Verehrung und Stolz.

Eine Abendunterhaltung, bei der getanzt wurde und zu der er sie bewogen hatte mitzugehen, brachte sie ihm näher. Sie wurde sehr gefeiert und nicht immer auf zarte Weise, war gelöst und ließ sich etwas gehen. Ihr wohllautende Stimme trat wie aus einer Deckung hervor, hatte tieferen Klang. Die vollendeten Arme und Schultern, aus der gewohnten Dezenz befreit, waren eine kühne, unbekümmerte Herausforderung. Sie stützte sich auf seinen Arm, während sie durch den musikerfüllten Saal schritten.

«Es ist etwas an Ihnen, was mir gefällt», sagte sie. «Ich weiß nicht einmal, was es ist. Ich sehe Sie gern. Sie bringen mir etwas, was mir fehlt. Ich glaube sogar, ich könnte sehr mit Ihnen befreundet sein...»

«Helene...»

«... aber bedrängen Sie mich nicht!»

«Bedrängen? Womit? Helene, Angebetete, was tue ich denn? Sieh doch, ich bin nichts als Freude, jeden Augenblick...»

«Jetzt duzen Sie mich schon wieder», unterbrach sie ihn, nicht so unwillig, wie es klang, «und ich habe Sie doch so gebeten... Und dann: Angebetete!»

«Verzeih... verzeihen Sie! Aber wenn ich Tage

und Tage allein du zu Ihnen sage, wie soll ich denn jetzt gerade Sie zu dir, Sie zu Ihnen... nein...»

Sie lachte über die drollige Art, wie er aus dem Satz nicht herausfand, drückte seinen Arm: «Bedenken Sie doch, ich bin ein einfaches Mädchen», und mit einem tiefen Blick in seine Augen, «ein Mädchen, sonst nichts!»

«Sonst nichts!» wiederholte er in heller Entrüstung. «Was sagen Sie da? Göttliche! Alles...» Vor Überschwang konnte er nicht weitersprechen.

«Also göttlich», sagte sie aufgeräumt, «meinetwegen... Jetzt aber will ich tanzen, dabei können Sie mich wenigstens nicht kniend anbeten.»

Er kam weiter in der Gunst des schönen Mädchens. Unbekümmert um die Zukunft lebte er seinen Roman, wie er ihn geträumt. Es kam ihm dabei gar nicht zum Bewußtsein, daß er auch hier eine repräsentative Rolle spielte. Denn daß er für sie nicht der Titular-Rechnungsfeldwebel Zenobi, sondern der Statthaltereibeamte Ossietzky war, mit akademischem Grad und Aussicht auf eine große Karriere, das focht ihn nicht weiter an. Wenn sie ihn liebte, was er manchmal glaubte, liebte sie eben ihn und nicht seinen Namen. Aber auch das ließ ihn unbekümmert: genügte es nicht, daß er sie liebte?... Gegen den Abstand, den seine Anbetung immer vergrößerte, war jede Stellung, die er im Leben einnehmen mochte, wahrlich zu unbeträchtlich. Und irgendwann wird er den großen Sprung schon tun. Das Leben war ohne Anfang und ohne Ende...

Indessen war es doch gut, daß der Fabrikantensohn Leischnigg, der ihm in seiner Kanzlei zugeteilt war, für manche Erleichterungen im Dienst und um seinen Vorgesetzten bei guter Laune zu erhalten, sich als so netter Bursche erwies, der ihn freigebig mit Zivilkleidern versorgte und ihm, wenn er knapp wurde, oft auch mit einem Darlehen beisprang. Was machte das dem steinreichen Jungen schon aus... Dafür hatte er es ja auch gut unter ihm, durfte froh sein, in der Kanzlei des Divisionskommandos zu sitzen, statt sich auf dem Exerzierplatz kujonieren zu lassen. Er war doch ein nobler Kerl, der Zenobi... Das war auch die Meinung der Kameraden. Mit seinem alten Obersten kam er glänzend aus. Das Amt war groß und das Gebäude weitläufig: war man einmal nicht zur Stelle, nun, so war man eben woanders mit einem Akt oder einer Rückfrage. Er hatte es sich so geschickt eingerichtet, daß er bei dem Uniformschneider um die Ecke sich im Nu umkleiden konnte. Und um Vorwände, einen Tagesurlaub zu erlangen, war er nie verlegen. Im übrigen arbeitete er seine Sachen flott auf, wenn er sich an sie machte, es war ein Kinderspiel! Er hatte die besten Aussichten auf Beförderung...

Sie saßen an einem Sommernachmittag am Rande einer Waldwiese. Es war ein Sonntagsausflug. Sie waren früh aufgebrochen, hatten sich nach einer Stunde lärmender, heißer Bahnfahrt auf weiten Waldwegen müde gelaufen, in einer Gartenwirtschaft gegessen und waren weitergewandert. Die Luft war leicht um sie. Sie verloren sich in Gesprächen, die vom Nahen zum Fernen übersprangen, von Überraschungen des Weges unterbrochen, von Summen und Pfeifen melodischer Bruchstücke, die in Lachen und Ausrufen ausklangen. Vertraulichkeit war in Blicken, in zufälligen Berührungen der Hände, der Kleider, im Gleichtakt der Schritte. Helene, wissend, daß irgendein neuer Ansturm sie erwartete, verscheuchte mutwillig die Gelegenheiten, wie Kinder Streichhölzer auspusten, entwischte, wenn Gefahr drohte, mit Flattern ihrer hellen Röcke einige Schritte in den Wald, auf eine Wiese, bückte sich angelegentlich über eine Pflanze, brachte eine Blume zurück, einen Zweig, warf sie, wie um ein Hindernis zu verstärken, in ihren Hut, den er in der Hand trug.

Jetzt ruhte sie halb liegend, auf die Ellenbogen gestützt, die Füße im niedrigen Graben, heiß, müde, angenehm wehrlos und dachte: mag es nun kommen.

Doch es kam lange nicht. Zenobi saß auf dem Grabenrand vornübergeneigt ihr gegenüber, in ihren Anblick verloren, entrückt. Und sein ganzer Mut entsank ihm in die schmale Rinne, die sie mehr zusammendrängte als trennte und in der ihre Füße sich fast berührten, wie in einen Abgrund. Doch nicht so, daß es ihn bekümmerte oder daß er es als Verlust empfunden hätte, sondern als wenn ihm eine schwere Last entfallen wäre, die ihn niederhielt, schwang sich auf – und die Erscheinung vor ihm wandelte sich in das unsagbare, unnahbare Wunder, das sie für ihn von Anbeginn war und bei aller Nähe und Vertrautheit blieb.

Helene sah durch halbgeschlossene Lider auf sein ekstatisches Gesicht, lächelte, streckte, ohne ihre Lage zu verändern, den herabhängenden freien Arm aus, berührte mit den Fingerspitzen sein Haar, bog, als er ihre Hand zu erhaschen suchte, seinen Kopf sachte und mit sanftem Druck zu sich heran... Da küßte er sie fremd und erschrokken auf den leicht atmenden Mund, und da sie festhielt, tat er es immer wieder und wieder.

Darauf aber folgte eine Rede, welche das schöne Mädchen mit Staunen und Stirnrunzeln hörte, da sie der Lage, wie ihr schien, so gar nicht entsprach.

«Helene, Helene, Helene!» dreimal rief er sie an, wie man eine Gottheit oder einen Dämon beschwört. «Sage mir, was ich tun soll, was ich für dich tun soll. Sage, was ich werden soll. Du allein weißt es...» Er warf dabei den Kopf zurück, streckte die Arme in die Luft, mit einer Bewegung, als wollte er davonfliegen. Es sah sonderbar und ein wenig beängstigend aus. Unwillkürlich zog sie den Kopf zwischen die Schultern, hatte ihre hoheitsvolle Miene. Er spürte plötzlich die Veränderung und hielt inne. Er war im Begriffe, ihr alles zu sagen. In ihrer Nähe fühlte er sich auf sicherem Grund, in ihrer Schönheit wurzelte er, wenn er irgendwo wurzelte. Sie war Heimat und alles, was er nie gekannt und was er, ohne zu wissen, suchte, wenn er sich dem Leben hingab. Würde sie ihm nichts sagen?... Doch sie lenkte ab, fand, daß es spät war, und begann dann harmlos nach seinem Amt, nach seiner Tätigkeit zu fragen. Da wurde er still, gab einsilbige Antworten. Der Heimweg war von Schweigen und Nachdenklichkeit beschattet, und Zenobis Glück war nur noch in ihm selbst.

V

In einem der alten, schönen Gasthausgärten, welche die Rebenhügel der südlichen Vorstädte der Residenz sanft hinansteigen, saßen in einer Laube einige Herren beim neuen Wein. Rings um sie lärmte unter der Begleitung schmelzender Schrammelmusik bereits jene rasch zunehmende

Weinseligkeit, mit welcher unter dem Vorwand eines heiteren Winzerfestes das Großstadtvolk sein Bedürfnis nach Trubel befriedigt. Ein Prinz des kaiserlichen Hauses, sein militärischer Begleiter, einige Eingeladene vom Hochadel und ein preisgekrönter Heimatdichter saßen hier, wenngleich im Gewand des Bürgers und mit geflissentlicher Ungezwungenheit an dem volkstümlichen Vergnügen teilnehmend, etwas abgesondert und benommen, zumal der Wirt, von der ihm widerfahrenen Huld zerschmelzend, trotz wiederholtem Abwinken seine Devotion zu bekunden nicht aufhörte und der Stehgeiger mit patriotischen Weisen sich bemerkbar machte. Der Prinz, der am Vormittag eine unerfreuliche Stunde mit dem Herrscher, der ihn nicht liebte, und dann ein langweiliges Repräsentieren bei einer militärischen Feier hinter sich hatte, war verdrossen. Der Preisgekrönte, mit dessen Einladung der prinzliche Hofmarschall eine besondere Feinheit beabsichtigt hatte, nämlich: dem Prinzen einen sachkundigen Führer und Gesellschafter für diese Gelegenheit zu geben und damit zugleich eine gebotene Einladung des Dichters zu einem Abendempfang, wo er störte, zu sparen, versagte völlig. Er, der durch seine Trinkfestigkeit berühmt war und dessen bodenständiger Humor die Hofräte entzückte, war hier im Freien, im Angesicht des Volkes, befangen, fast linkisch. Bei jeder Ansprache des Prinzen strammte sich seine untersetzte Gestalt und hob sich unwillkürlich vom Stuhl. Er verstand schlecht, gab stotternde Antworten, wagte sein Glas nicht auszutrinken, und seine beweglichen Augen irrten hinter der dicken Brille aufgeregt von einem zum andern. Der Prinz zuckte leicht die Achsel, lächelte höflich. Er dachte an Aufbruch, überlegte, daß die für den Abend angesagte Beratung ihm eine Stunde noch ließ, mit der nichts anzufangen war, fragte zerstreut einen der Herren nach dem Befinden seines Vater, fand, immer mißmutiger, daß seine ihm oft geneidete Popularität ihn dem recht zweifelhaften Vergnügen aussetzte, sich vor versammeltem Volk mit seinem viel photographierten Lächeln stundenlang zu langweilen, nur damit die Zeitungen wieder einmal melden konnten, wie sehr er der Bevölkerung ans Herz gewachsen sei und wofür er, der bewährte Mehrer der Volkstümlichkeit der Dynastie, vom Kaiser irgendeine neue raffinierte Bosheit zu gewärtigen hatte.

Er sah wieder zufällig auf das gerötete Gesicht des Dichters. ‹Was für eine Idiot›, dachte er, ‹nicht einmal unterhalten kann er einen – und es ist doch eigentlich sein Beruf.› Und er hob lächelnd das Glas gegen ihn. Der Dichter gab sich einen Ruck und begann umständlich von den alten Bräuchen der Weinlese in dieser Gegend zu sprechen und was davon sich noch erhalten, rühmte die Trinkfreudigkeit des gemeinen Mannes, der, dank der Gottesgabe der heimatlichen Rebe, seine sprichwörtliche goldene Heiterkeit sich bewahrt habe...

Der Prinz, der eine Weile zu der Nachbarlaube hinübergesehen hatte, wo es sehr heiter zuging, sagte mit einem Anflug von Dialekt, der den Ernst seiner Worte mildern sollte:

«Arg strapaziert, die goldene Heiterkeit, lieber Doktor! Nix wie Radau! In den Trams, die abends zur Stadt fahren, werden Frauen insultiert, Scheiben zerschlagen, Wachmänner angerempelt... Lesen Sie den Polizeibericht morgen.» Dabei ärgerte er sich, daß er seiner schlechten Laune so deutlich Ausdruck gegeben, und fuhr, wie ablenkend, fort: «Die dort scheinen sich übrigens wirklich zu amüsieren», er zeigte nach der Laube, «scheint spaßig der Mann da...» Dort stand Zenobi mit einem gefüllten Glas in der erhobenen Hand und hielt eine Art Rede oder Ansprache, die von Lachen und Beifall häufig unterbrochen wurde. Als er im Kreise sich bewegend sah, daß man nebenan auf ihn aufmerksam wurde, improvisierte er in bester Laune hinüber:

«Und Sie, meine gefrorenen Herren, tauen Sie etwas auf. Es ist Feuer genug da für alle... Was sitzen's denn dort, wie im Herrenhaus, wenn die Erbschaftssteuer beraten wird?... Hohes Haus, allerhöchstes Haus, gestatten Sie einem armen Weinschlucker folgende Resolution zur Annahme zu empfehlen: Wer allein trinkt oder beim Weine schweigt, wird von der Öffentlichkeit ausgeschlossen, dahingegen wird die Staatsanwaltschaft beauftragt, ein Sittlichkeitsdelikt an sich selbst zu begehen in Anwesenheit der gesamten Presse und aller benachbarten Länder... Widrigenfalls wird der Malefikant rückwärts auf ein Pferd gesetzt und, den tarpejischen Felsen um den Hals, zum Tantalus hinabgestürzt. Wer aber ist Tantalus, meine Herren?... Tantalus ist der Mann, der an allem schuld hat, der alles möchte und der nichts kann... Will er, daß ihm die gebratenen Hühner in den Mund fliegen?... He, Kellner, ein Brathuhn! – Ich sage, nieder mit Tantalus... Vivat Bacchus, Bacchus lebe! Bacchus ist ein braver Mann... Indessen, prost, meine Herren! –»

Der Prinz lachte, daß ihm die Tränen herunterliefen, und tat ihm Bescheid. Die Herren folgten.

«Ein prachtvoller Narr!» rief er. «Tolle Rede! – Bringen Sie ihn doch her, Schönburg.»

Der Dichter machte eine Bemerkung über die auffallenden Assoziationen in der Trunkenheit und daß Vivat Bacchus tatsächlich von Mozart sei.

«Der ist nicht betrunken», sagte der Prinz.

Die Herren stimmten ihm zu. Einer meinte, er

sähe so bekannt aus und würde sich gewiß als jemand entpuppen, den alle kennen, vom Theater oder sonstwo her.

Nein, Zenobi war nicht trunken vom Wein. Das erwies sich bald, als er unbefangen am Tisch Platz nahm, sein Monokel ins Auge klemmte und, aus Anlaß einer diskreten Anspielung auf die Folgen der Weinseligkeit, heiter, mit graziöser Pointierung eine Geschichte anfing von einem angetrunkenen Engländer, der im Omnibus einer einsteigenden Dame mit Gewalt seinen Platz aufzwingen will und nicht begreift, warum sie so verlegen und beharrlich ablehnt, bis er vom Schaffner, den er fragt, aufgeklärt wird, daß die ganze Bank, auf der er sitzt, leer ist... Den Dichter aber, der meinte, nun habe er ein Objekt gefunden, auf dessen Kosten man sich erheitern könne, und mit anzüglichen Redensarten ihn herausforderte, setzte er zur Genugtuung des Prinzen so flink und schlagfertig auf den Sand, daß der sich innerlich grollend zu einem anderen Ton bequemen mußte.

«Sie sind wohl Künstler?» hatte der Dichter gefragt.

«Jawohl», antwortete Zenobi mit einer Grimasse, «ich kann Gedrucktes lesen und dabei einen Teller Suppe löffeln.»

«Das soll eine Kunst sein? Das kann ich auch.»

«Ich wette, daß Sie es nicht treffen.»

Das knallte wie ein Schuß und machte den Dichter stutzig. Er fand, daß er sich auch dann lächerlich machen würde, wenn es ihm gelang. Man konnte aber auch nicht wissen, ob nicht irgendein verruchter Schabernack dahintersteckte. Er hielt es für ratsamer, abzulenken, und da er sich ärgerte, wurde er ausfällig:

«Kennen Sie die Fabel von dem Bär und dem Fuchs? – Eine lehrreiche Fabel. Der Bär läßt sich nicht spotten und schlägt zu...»

«Mir sind alle Tiere recht, wenn sie reden können und sich zu benehmen wissen.»

Die Herren lachten.

«Sie sind wohl Stimmungsmacher von Beruf?»

«Nein, wahrhaftig», versicherte Zenobi treuherzig. «Doch was immer Ihr Beruf sein mag, sind Sie nicht berufen, mir meine Stimmung zu verderben. Lassen Sie mich lieber Ihnen eine Geschichte erzählen.»

Und er erzählte:

«Der brave Haushund ärgerte sich über das stolze Getue des Hahns und daß der nach Belieben krähen durfte, während ihm das Bellen nur ausnahmsweise gestattet war. Meist aber wurde er dafür verwiesen. Da er niemand anderen fragen mochte – wer hätte es auch gewußt –, begab er sich also zum Hahn selbst und erkundigte sich nach dem Grund seiner Sonderstellung. Der Hahn hob einen Fuß und zeigte seinen Sporn.

‹Wenn du das hast›, sagte er stolz, ‹dann bist du wer und brauchst dich um niemand weiter zu kümmern.› Das merkte sich der kluge Hund, ging darauf stracks in die Kleiderkammer seines Herrn, nahm dessen Reitsporen vom Kasten und band sie sich geschickt um die Hinterpfoten. Dann erschien er bei seinem Herrn, stellte sich aufrecht und bellte stolz und nach Herzenslust. Der Herr, als er solche Künste seines Hundes sah, war sehr erfreut und verkaufte ihn an einen Zirkus, wo der Hund jeden Abend ängstlich und schwindlig ein kleines wildes Pferd reiten muß. Und wenn er dabei einen Gedanken noch fassen kann, so wundert er sich, warum es der Hahn, dem es mit seinen zwei Beinen leichterfallen würde, nicht tun muß. Bellen aber darf er auch jetzt nicht, wo und wann es ihm gefällt...»
Der Dichter, der mißtrauisch eine Anspielung hinter der Geschichte vermutete und sie doch nicht gleich fand, da Zenobi seine Einfälle von sich gab, wie sie ihm kamen, sagte, schon übelgelaunt:
«Das soll wohl eine Fabel sein, aber man versteht ihren Sinn nicht.»
«Dafür ist sie wahr», erwiderte Zenobi, «ich habe den Hund persönlich gekannt.»
Der Prinz amüsierte sich. Er fühlte sich von Zenobis Laune, die sein Inkognito respektierte, menschlich angerührt und ließ sich in seinem

wachsenden Behagen von der Neugier seiner Begleitung, die ihre Annahme gern bestätigt gesehen hätte, nicht weiter stören. Die späte und klare Dämmerung, die in der letzten Sonne verglühenden Hügel, die banalen Walzerklänge, ja selbst der trunkene Lärm, der in der zunehmenden Dunkelheit immer mehr anwuchs, fügten sich mit dem Aroma des prickelnden Weins zu einer angenehmen Einheit und erhielten ihren Sinn in einem harmonisch sorglosen, selbstvergessenen Gewährenlassen. Auf eine wohlgesetzte Rede des Dichters, die dem Lob des Weines galt, erhob Zenobi sein Glas und rief:

«Es lebe die Freude!... Auf vieles kann der Mensch verzichten, vieles entbehren, aber wenn er keine Freude mehr kennt, da ist es aus mit ihm... Das Kind freut sich, das Tier freut sich, und wir lieben das Kind und das Tier um der Freude willen. Bedauernswert die Armen, die im Glase Vergessen suchen und Betäubung. Bedauernswerte Pedanten, die bedächtigen Weinkenner... Ich, ich könnte brüllen vor Vergnügen darüber, daß ich mich so freuen kann... Entschuldigen Sie, meine Herren, aber ich freue mich. Freuen Sie sich mit mir... Hoch die Freude!»

Er war vollkommen glücklich, und das Glück, das sein Wesen ausstrahlte, steckte die Vornehmen und Zurückhaltenden an, so, daß in der

Laube die ungezwungene Heiterkeit sich ausbreitete.

Beim Aufbruch bot ihm der Prinz einen Platz in seinem Wagen an, der sie zur Stadt brachte. Dem Begleiter des Prinzen, der ihn beim Abschied um seinen Namen bat, antwortete Zenobi lachend: «Er steht nicht im Gotha... und ein anderer, nicht wahr, ist Schall und Rauch!» – Der junge Offizier glaubte darauf nicht weiter insistieren zu sollen.

Einige Tage darauf bat ein älterer, dem Aussehen nach zur guten Gesellschaft gehörender Mann Zenobi, der in einem eleganten Café in einer Nische Zeitungen las, um die Erlaubnis, sich an seinen Tisch zu setzen. Auf die höflich einladende Bewegung Zenobis nahm er dankend Platz und begann in allgemeinen Wendungen, die aber den Kenner verrieten, eine Unterhaltung über politische Dinge. Während er bestimmte Äußerungen oder Urteile vermied, wollte er offenbar seinem Partner Stichworte hinwerfen, welche diesen veranlassen sollten, aus seiner Zurückhaltung herauszutreten. Zenobi hatte sich aber bereits bei aller Verbindlichkeit seiner Haltung jene undurchdringliche Miene angeeignet, welche Personen von Bedeutung geziemt, wenn sie sich vor den Zudringlichkeiten aller Welt wahren wollen.

Und es gelang ihm so vollkommen, daß der kluge, in seinem Beruf erfahrene und geschickte Mann sich gezwungen sah, die Methode zu wechseln. Er rückte näher heran, wurde vertraulich und bedeutsam, versicherte, daß die für die Politik maßgebenden Teile der Gesellschaft, die bei aller humanitären und freiheitlichen Gesinnung dem Prinzip einer gesunden Autorität huldigen, in loyalster Ergebenheit nach wie vor ihr Vertrauen in die Dynastie setzen, so wie er selbst, der nicht geringen Einfluß auf jene Kreise besitze, überzeugt sei, daß sie allein die Mittel kenne und zur Anwendung bringen würde, welche die Schwierigkeiten der innerpolitischen Lage beseitigen und das Land zu Ruhe und Wohlfahrt führen werde. Aber – hier wurde sein Ton leiser und dringender – gerade in letzter Zeit sei man über die bei Hof herrschenden Absichten völlig im dunkeln, besonders seit der Ernennung des neuen Ministerpräsidenten, was die Entstehung und Verbreitung von allerhand beunruhigenden Gerüchten zur Folge habe. Man vermisse – leider – irgendeinen Wink, einen Hinweis, der die anhängliche Bevölkerung über den Kurs, den man jetzt einschlagen will, aufklären könnte. Zumal selbst der wegen seiner Ritterlichkeit und Leutseligkeit von allen bewunderte Prinz Albrecht und sein Anhang sich seitdem völlig in Schweigen zu hüllen beliebe...

Hier wurde Zenobi aufmerksam, zog die Brauen hoch und neigte, wie um besser zu hören, den Kopf nach der Seite des Sprechers. Dieser nickte dreimal bedeutungsvoll, hob schweigend den Finger, als wollte er sagen: Achtung, da wären wir also! – und fuhr dann etwas rascher fort:

«Ich will ohne Umstände sprechen. Sie sind im Vertrauen Seiner Hoheit. Man weiß das. Ich selbst hatte ja die Ehre, Sie mit ihm zu sehen. Was denkt der Prinz, was meint er?»

«Der Prinz will das Beste», sagte Zenobi.

«Daran zweifelt niemand, der ihn und sein Herz kennt, das für alles Hohe und Erhabene schlägt. Die Wahl seiner Umgebung schon zeugt von staatsmännischer Klugheit und Umsicht» – er verbeugte sich gegen Zenobi –, «doch seine Zurückhaltung muß jetzt auffallen...»

«Es ist nicht im Interesse Seiner Hoheit, gerade jetzt hervorzutreten», meinte Zenobi obenhin.

Der andere horchte auf.

«Ah», sagte er wie bedauernd, «offenbar weil er diesem Schritt des Hofes fernsteht. Oder – ihn nicht billigt? Andererseits...»

«Andererseits», nahm Zenobi rasch auf, «muß natürlich auch nur der Anschein einer frondierenden Haltung vermieden werden.»

«Man kann diese Vorsicht nur bewundern», bemerkte der andere. «Seine Hoheit hat freilich einer Situation Rechnung zu tragen, die nicht leicht delikater sein kann. Ohne die Würden und Lasten eines Thronfolgers ist er nach menschlichem Ermessen doch der, auf den man in nicht zu ferner Zukunft als Lenker des Staates rechnet, ja, ich darf sagen, hofft...»

Nun war Zenobi nicht mehr zu halten.

«Und er hat die kaiserliche Gesinnung dazu», begann er. «Man wird sich wundern!»

Der andere hielt den Atem an, um nicht durch die leiseste Bewegung die endlich entsiegelte Quelle in ihrem Ausbruch zu stören.

«Vor allem», fuhr Zenobi fort, «wird endlich dies Feilschen und Paktieren mit den Parteien und Politikastern aufhören. Entweder – oder... Es stehen die neuen Männer schon bereit, welche die großen Aufgaben zu lösen haben werden, die seit einem halben Jahrhundert nicht vom Fleck kommen. Ein Staat, der blühen könnte wie keiner, wird seit Jahrzehnten nur durch kleinliche Eifersucht Ehrgeiziger gehemmt, die nach dem Grundsatz ‹Teile und herrsche› sich notdürftig an der Macht halten... Der Prinz denkt an eine andere Macht...»

«Die Autonomien», warf der andere begierig ein.

«Ja natürlich, die Autonomien», griff Zenobi auf, der ganz entrückt schien, «warum nicht?... Warum einander das Leben nicht gönnen? Warum dieser ewige Hader um einen Gerichtssprengel, eine Schule? Für alle ist Platz, wenn einer will.»

«Gewiß... des Herrschers Wille...»
«Der Prinz ist kein Tyrann. Man darf ihn nicht verkennen. Sein Gedanke ist groß... Die Völker des Reiches können und sollen in Frieden miteinander leben, wenn gerechte Ansprüche befriedigt werden.»
«Und die nationalen Minderheiten?»
«Es gibt keine Minderheiten, wenn die Verfassung ihre Rechte garantiert.»
«Also Verfassungsreform?» Der Mann traute seinen Ohren nicht.
Doch Zenobi war nun einmal im Zuge und ließ sich nicht stören.
«Ein Herrscher darf nicht ängstlich vor Worten sein», sagte er stolz. «Es soll eben eine neue Epoche beginnen, und da muß manches Alte und Gewohnte fallen. Der Prinz ist der Mann dazu, sich an die Spitze eines neuen Zeitalters zu setzen, und die befreiten Völker werden ihm willig und mit Jubel folgen!»
Er sah begeistert auf sein Gegenüber.
Der Mann schwieg, indessen entging es Zenobi nicht, welchen Eindruck seine Worte hervorriefen und den der andere kaum verbergen konnte. Und er fügte hinzu:
«Natürlich bilde ich mir nicht ein, alle Intentionen Seiner Hoheit zu kennen. Ich bitte Sie, das als meine private Äußerung aufzufassen.»
Der Mann dankte und verbeugte sich höflich.

Bevor er ging, nahm er den Kellner beiseite und fragte:
«Kommt der Herr oft hierher?»
«Manchmal.»
«In Gesellschaft?»
«Nein.»
«Passen Sie auf... Es würde mich interessieren, mit wem er verkehrt.»
Dann sagte er mit geheimnisvoller Miene und leise:
«Es ist eine sehr wichtige Persönlichkeit bei Hofe...»
Als Zenobi zahlte und zum Gehen sich anschickte, lief ihm der Kellner mit dem Stock nach, den jener auf der Bank hatte liegen lassen, und in dem Bestreben, seiner tiefsten Ehrerbietung vor einem solchen Mann, der dazu noch so tat, als wäre er es gar nicht, besonderen Ausdruck zu verleihen, stotterte er:
«Ihr... Herr Stock, gnädiger Herr!»
Kurze Zeit darauf konnte Zenobi in den Zeitungen einen Artikel lesen, der aus einer auswärtigen Zeitung übernommen war und in der politischen Welt großes Aufsehen erregte. Alle sprachen davon. Der Artikel ging von den innerpolitischen Schwierigkeiten des Landes aus und von ihren möglichen Auswirkungen auf die europäische Lage und faßte die Besorgnisse ins Auge, die die Ereignisse einer nahen Zukunft bringen könnten.

Ziemlich unzweideutig wurde auf einen bekannten Prinzen des kaiserlichen Hauses angespielt, dessen politische Tendenzen erörtert und warnend darauf hingewiesen, von welcher Tragweite sie seien, ja geradezu geeignet, das europäische Gleichgewicht zu gefährden. Auch die offizielle Welt geriet in große Erregung. Die Hofkreise waren alarmiert. Im Parlament gab es eine Interpellation. Zenobi war nicht erstaunt, in dem viel zitierten Artikel Wendungen und Ausdrücke wiederzufinden, die in jenem Gespräch, das er mit dem Mann im Kaffeehaus hatte, gefallen waren. Er war stolz darauf. Der Prinz, dem es nahelag, an eine Intrige gewisser Personen aus der nächsten Umgebung des Herrschers zu denken, beschwerte sich beim Kaiser. Dieser begegnete ihm mit dem Vorwurf, daß er die Politik seiner Regierung in undurchsichtigen Machenschaften zu durchkreuzen versuche. Schließlich beruhigte sich die öffentliche Meinung, und man erfuhr, daß der Prinz für einige Zeit die Residenz verlasse, um auf seinen im Norden gelegenen Gütern umfassende forst- und landwirtschaftliche Anlagen persönlich zu leiten und zu fördern.
Eine vielberedete Anekdote, die sich die Reporter erzählten, lief unter den Eingeweihten um. Auch Zenobi hörte davon. Es hieß: ‹Beim letzten Empfangsabend im Palais des Prinzen im engsten Kreise habe der Prinz die Bemerkung gemacht, er

hätte nie geglaubt, daß nüchterne und erfahrene Politiker auf solche faustdicken Phantasien hereinfielen, wie sie jener Artikel in bezug auf ihn enthielt.› Darauf meinte sein alter Erzieher, ein berühmter Völkerrechtslehrer an der Hochschule, der auch wegen seiner Offenheit und Integrität Weltruf hatte: «Nein, Hoheit, sie glauben nicht daran, aber sie fürchten sich vor jedem großen Gedanken.»

«Aber es ist doch eine bare politische Unmöglichkeit», warf jemand ein.

«Leider», sagte der alte Herr und blickte still vor sich hin. Zenobi hörte das und schmunzelte.

VI

Wenn Zenobi Helene nicht zu Hause fand, blieb er gern auch eine Stunde bei Frau Edith Bessener sitzen, die ihn stets mit gleichmäßiger Freundlichkeit empfing. Mit ihr konnte er von Helene sprechen. Und wenn sie auch seinen Überschwang dämpfte, so war sie doch für ihn der Mensch, der in der gleichen Atmosphäre mit Helene lebend, des Wunders teilhaftig war und seinen Glanz widerstrahlte. Sie wieder hatte ihre Freude an dem heiteren redegewandten jungen Mann, der, mit allen Dingen der großen Stadt vertraut, über Personen und Ereignisse stets auf dem laufenden, eine lebendige und unterhaltsame Zeitung war. Zudem war er so offen, anständig, man faßte Vertrauen zu ihm. Es lag nicht in ihrer Art, viele Gedanken daran zu verlieren, ob Zenobi sich Hoffnungen auf Helene machte und wie weit er damit kommen mochte. Da er stets ungetrübt und glücklich erschien, so mußte er wohl seine Gründe dafür haben, und sie hätte es ihm auch gegönnt, daß es so bliebe. Kam sie aber mit Helene gelegentlich auf ihn zu sprechen, so begegnete sie abwechselnd einer Verlegenheit, einem Achselzucken oder auch der Versicherung, er sei ein zuverlässiger Freund und man könne ihm vertrauen. Das gleiche meinte übrigens auch Edith.

Zenobi hatte in der letzten Zeit Helene wenig gesehen, sehnte sich sehr und kam eines Abends sie aus einer Vorlesung abholen, von der er wußte, daß sie sie regelmäßig besuchte. Ungewiß, wie sie es aufnehmen werde – sie liebte solche Überraschungen nicht –, war er glücklich, als sie ihn herzlich begrüßte, seinen Arm nahm und nach einigen Schritten auf der Straße ihn in eine Konditorei hineinzog.

«Ich bin froh, daß Sie – daß du gekommen bist.» Dieses Schwanken zwischen ‹Du› und ‹Sie› war ihr schon zur Gewohnheit geworden.

«Hier ist es so angenehm warm, und ich habe solchen Hunger!»

Sie strahlte vor Freude, war schöner als je in ihrem taubengrauen Cape mit der gleichfarbenen Toque tief in der Stirn, und drückte ihm die Hand unter dem Tisch. Sie trank vergnügt ihren Kaffee, scherzte, ihre Wangen röteten sich, und plötzlich fing sie an:

«Höre. Es ist jetzt so trübe in der Stadt, und draußen ist es gewiß noch schön. Nächste Woche haben wir zwei Feiertage, Sonntag und Montag. Wie wäre es, wenn wir nach Gröbendorf hinaufgingen?... Es ist da das nette kleine Hotel, du erinnerst dich, das wir gesehen haben, als wir im Sommer einmal vorbeikamen. Ich hätte solche Lust, einmal wieder im Freien zu sein. Willst du?»

Ob er wollte!

«Wir können schon am Samstag fahren», meinte sie. Er ließ sich den Fahrplan bringen, und sie sahen, eifrig die Köpfe zusammensteckend, die Züge nach.

«Freust du dich?... Ich auch.»

Sie sah ihn zärtlich an, senkte die Stimme.

«Ja!... Nun habe ich aber noch eine Bitte an dich... Es kommt in den nächsten Tagen ein Jugendfreund von mir hierher. Er ist Techniker oder Ingenieur, ich weiß das nicht genau. Ich habe ihn lange nicht gesehen. Wir kennen uns schon seit – wie wir noch so klein waren... Ein netter Junge, ein bißchen kränklich. Er ist wieder krank gewesen, schreibt er. Ich möchte, daß er die Tage, die er frei hat, nicht in der Stadt versitzt. Ich dachte nun... Hast du etwas dagegen, daß er mitkommt?»

Zenobi, statt zu antworten, fragte:

«Ihr seid sehr befreundet?»

Helene hatte ihr kurzes Achselzucken.

«Ich sagte schon, ich habe ihn lange nicht gesehen! Er war mit meinem Bruder befreundet, weißt du... Und hat sehr an ihm gehangen. Er ist ein nicht sehr glücklicher Mensch. Immer in irgendwelchen Schwierigkeiten und sehr anlehnungsbedürftig. Sicher hat er jetzt wieder etwas mit sich auszumachen. Er war immer schon so... Er kam viel zu uns, er glaubte, ich könne ihm helfen! Und ich möchte es ja auch gern. Er ist nicht sehr glücklich...»

«Ja», sagte Zenobi, «es gibt solche Menschen...» Und dann gerührt: «Wie gut bist du, Helene! Nun, ich freue mich, ihn kennenzulernen. Schon weil es jemand ist, der viel mit dir zusammen war...» Er tupfte leicht mit dem Finger auf ihre Hand, die auf dem Tische lag. Sie ließ es lächelnd geschehen, sah ihn mit einem verdunkelten Blick lange an. «Und dann möchte ich dich noch um etwas bitten... Du wirst es verstehen. Ich möchte nicht, daß du – daß wir uns in seiner Gegenwart du sagen, ja?»

Zenobi seufzte, nickte.

«Fällt es dir so schwer?»
Er antwortete nicht, sah sie lange an.
«Dafür werden wir zwei Tage beisammen sein.» Sie sagte es leise, ganz nahe an seinem Gesicht. Zenobi rührte sich nicht, atmete nicht. Als sie sich zurücklehnte, zitterte er. Er fuhr folgenden Samstag schon am Nachmittag hinaus. Helene und ihr Gast sollten abends folgen. Es war später Oktober. In der Stadt hingen die feuchten Nebel tief herab, draußen, je weiter er kam, drang immer mehr die Sonne durch. Er nahm es als Zeichen, als Vorbedeutung, sah in die goldene Luft zweier unendlicher, glückhafter Tage, die noch nicht begonnen hatten. Er suchte Zimmer aus in dem fast leeren, winddurchwehten Hotel auf der Höhe, ließ sie heizen, stellte fahlrote und violette Dahlien auf Helenes Tisch, besprach mit der Wirtin das Abendessen. Dann war er draußen. Die Waldhügel standen dunkel mit einem rötlichen Schimmer, die welligen Wiesen waren tiefgrün. Er hatte noch Stunden vor sich, wollte einen weiten Spaziergang machen und auf Umwegen dann den Bahnhof erreichen. Aber er durchstürmte nur die blätterraschelnden Waldwege kreuz und quer in steigender Ungeduld. Das Rauschen in der großen Stille machte ihn bange, die langsame Dämmerung traurig. Er lief ins Hotel zurück, setzte sich in das für Helene bestimmte Zimmer an den Tisch und schrieb:

«Helene, sei gegrüßt und willkommen! Ich habe mich in dein Zimmer gesetzt, in dem Du noch nie warst und doch schon gegenwärtig bist, weil ich drin bin. Denn wo immer ich bin, da bist Du… Schon stocke ich und halte die Feder an und war doch, als ich hinauflief, voll von tausend Dingen, die ich Dir zu sagen hatte. Warum verwirrt mich nur die Vorstellung Deiner Gegenwart so sehr? Oh, fände ich doch Worte, die Dir sagen könnten, was Du bist, was Du mir bist… Warum sage ich: mir? Wer bin ich denn und was liegt an mir? Du allein, sonst nichts… Ich sehe mich um und staune. Hier in diesem kleinen Raum wirst Du bald sein. Deine Füße werden ihn durchschreiten. An diesem Tisch wirst Du sitzen. Du wirst ans Fenster gehen und mit Deiner Hand den Vorhang heben, und Deine Augen werden auf dem stillen Garten ruhn, den ich jetzt vor mir sehe.»

Er schaltete Licht ein und schrieb weiter:

«Und auch ich werde da sein. Ich, jetzt noch nichts als ein ohnmächtiger Ruf, ein fernes Echo von Dir, werde unter Deinen Augen sein. Doch, ich will nichts voraus denken. Ich will warten auf Dein Licht…»

Er schrieb noch lange.

Als der Zug nach kurzem Halten mit einem Pfiff die kleine Station verließ, lief Zenobi aufgeregt den zwei Gestalten entgegen, die im spärlichen

Licht einer Laterne den knirschenden Kiesweg herabkamen. Er begrüßte Helene, die ohne Eile sich näherte, und wandte sich ihrem Begleiter zu. Der blasse junge Mann, in einem vertragenen Touristen-Anzug, ließ seinen Rucksack in der Hand herabhängen und musterte Zenobi mit einem ruhigen, nackten Blick von Kopf bis zu den Füßen. Auf Zenobis ihn herzlich willkommen heißende Begrüßung, die etwas feierlich klang, nickte er unzeremoniell mit einem leisen «Danke», indessen Helene, die dicht an seiner Seite blieb, sich besorgt erkundigte, ob er nicht friere. Er nahm wortlos die ihm dargebotene Decke, hing sie nachlässig um, wie jemand, der eine übertriebene Sorgfalt sich gleichmütig gefallen läßt. Da der Abendwind sich verstärkt hatte, suchten sie eilig das Hotel zu erreichen und gingen auf ihre Zimmer.

Zenobi wartete nicht lange an dem bereits gedeckten Tisch, auf dem in einem blauen Topf Herbstblumen standen. Er hatte sich frisch rasiert, in seinen besten dunklen Anzug umgekleidet und hatte feiertägliche Gefühle. Die anderen kamen bald in ihren Reisekleidern herunter, waren hungrig und besprachen einen Ausflug für den nächsten Tag, zu dem man früh aufbrechen wollte. Zenobi wurde gebeten, mitzukommen. Helene in ihrem erdfarbenen Kostüm schien sich Mühe zu geben, ihrem Gaste sich anzugleichen.

Sie war fast unwillig, als Zenobi sie bat, das Barett wenigstens abzunehmen, errötete plötzlich und dankte ihm für die Blumen. Der Ingenieur widmete sich mit einiger Hast dem Essen. Kurze Fragen und Antworten gingen zwischen ihm und Helene hin und her und wurden wie im Fluge aufgefangen. Zenobi blieb fast ausgeschaltet. Von einer «Bewegung» war die Rede, Namen wurden genannt, die ihm fremd waren, und Worte fielen wie Verschwörerzeichen. Die Unterhaltung wurde immer einsilbiger. Helene war ganz in Anspruch genommen. Sie schien nur für ihren Gast da zu sein.
Zenobi hatte sich den Abend anders vorgestellt. Helene glücklich an seiner Seite, ihr Jugendfreund verehrungsvoll zu ihr aufschauend, wie er selbst, doch im gehörigen Abstand von zwei Liebenden, deren Einverständnis er fühlen mußte. Gewiß, er wollte es an Diskretion nicht fehlen lassen und auch nicht an Freundlichkeit für Helenens Gast, der dadurch eine Art sympathischer Verwandter wurde. Und nun, was war geschehen? Eigentlich nichts! Helene saß ja an seiner Seite, und an dem Gast war auch nichts auszusetzen. Vielleicht lag es an ihm selbst? Er mußte nur seine Stellung wieder einnehmen, die Unterhaltung beleben. Allmählich kam er in Schwung, machte Andeutungen, daß er bald aus seinem Amt in ein anderes übergehen werde, da er für

eine wichtige diplomatische Mission ausersehen sei. Er habe allerdings Beweise solcher Fähigkeiten geliefert, welche – in aller Bescheidenheit sei es gesagt – die Aufmerksamkeit des Ministeriums auf ihn gelenkt haben. Der Hofrat Klein habe ihn einmal die tête forte der Statthalterei genannt – und das wolle etwas sagen. Und die Geschichte mit dem Prinzen... Er lächelte geheimnisvoll.
«Sie haben sicherlich auch davon gehört... Ja, wenn ich reden dürfte...»
Er füllte die Gläser, sah mit einem großen Blick Helene an und bat, auf ihr Wohl anstoßen zu dürfen. Sie tat ihm etwas verlegen Bescheid, der junge Mann lehnte höflich ab. Er trinke nicht. Er schob sein Glas beiseite, sagte:
«Wohl bekomm's, Lene!» Es klang fast ironisch. Zenobi fühlte, daß seine Rede wie in der Luft hängen geblieben war. Das bald beendete Mahl wollte nicht recht heiter werden. Der junge Mann zupfte einsilbig an seinem Bärtchen auf der Oberlippe, unterdrückte ein Gähnen. Auch Helene erklärte, sie sei müde. Man ging früh auseinander, um am Morgen rechtzeitig aufzubrechen. In seinem Zimmer hörte Zenobi noch ihre Stimmen auf dem Korridor, bald laut, bald leise; Türen gingen, klappten zu und wurden wieder geöffnet, dann war es still.
Der Morgen war trübe, als man früh aufbrach.

Niedrig ziehende, schwere Wolken kündigten Regenwetter an. Doch Helene und ihr Gast waren aufgeräumt und wanderlustig gestimmt. Sie erzählte von gemeinsamen Partien, die sie früher zusammen im Gebirge gemacht hatten und bei denen sie «toll» eingeregnet waren, in Ausdrükken eines seltsamen Jargons, wie er unter vertrauten Kindern der gleichen Schule üblich ist. Sie stampften mit großen Wanderschritten im Gleichtakt voran, so daß Zenobi Mühe hatte, nachzukommen und an Helenes Seite zu bleiben. Sie schien das Bewußtsein ihrer hoheitsvollen Schönheit plötzlich eingebüßt zu haben. In ihrem kurzen Rock, der sie kleiner machte, und mit der keck aufs Ohr geschobenen Mütze hüpfte sie wie ein Schulmädchen in den Ferien über Steine und Wasserrinnen eine steile Halde am Wege hinauf, schrie nach Richard, daß er nachfolge, und kam dann Hand in Hand mit ihm in atemlosem Galopp zurückgesprungen.

Zuweilen verloren sie sich, hintereinander herjagend, hinter Bäumen, in Büschen, an einem vorbeifließenden Bach, aus dem es sie plötzlich anwandelte, Wasser zu trinken. Zenobi hörte ihre Stimmen sich entfernen, wartete oft lange und ängstlich, bis sie an einer anderen Stelle des Weges wieder auftauchten und durch Zurufe sich bemerkbar machten. Helene erkundigte sich stets mit gleicher Freundlichkeit, ob es Zenobi nicht ermüde, ihr täte es gut, sich zu trainieren, und Richard, wenn er auch noch angegriffen ist, schade es nichts, er sei ein alter Tourist und Fußgänger und habe noch andere Partien gemacht. Richard aber war schweigsam und nahm von Zenobis Anwesenheit nur Kenntnis, wenn er von ihm angesprochen wurde.

Als dann der Regen zäh und Dauer versprechend einsetzte, ließen sich die beiden unter einer Tanne nieder, breiteten einen Lodenmantel über ihre Schultern und begannen mit sachlichem Ernst Päckchen auszuwickeln, die der junge Mann in seinem Rucksack mithatte. Sie aßen mit kleinen Bissen Biskuits, Schokoladebohnen und winzige, getrocknete Früchte, lachten und taten unbekümmert um den Regen. Auch Zenobi erhielt eine Handvoll zugeteilt. Und Helene, die mit andächtiger Miene einen Ritus zu vollziehen schien, bemerkte in einem Ton, der fast wie ein Vorwurf klang, er werde es wohl nicht zu würdigen wissen, es sei Touristenproviant. Zenobi stand in seinem Stadtpaletot, den Kragen hochgeschlagen, unter der triefenden Tanne und fröstelte, mit einem Gesicht, das sauer wurde vor krampfigem Lächeln.

Er kehrte im strömenden Regen, nachdem er die beiden, die vorauseilten, aus den Augen verloren und auf aufgeweichten Feldpfaden die Richtung verfehlt hatte, spät ins Hotel zurück. Die anderen waren schon vor ihm angekommen. Als er an Helenens Tür klopfte, scheuchte ihn ihr erschreckter Zuruf: «Um Gotteswillen, nein, ich bin im Bett!» davon.

Auch der Ingenieur ließ sich nicht blicken. Erst am Abend fand man sich wieder bei Tisch zusammen. Helene ausgeschlafen, frisch und strahlend, in einem schwarzen Kleide mit Spitzen. Der junge Mann schien ebenfalls aufgemuntert, erzählte, wie er vor dem Feuer in der Küche seine Sachen getrocknet und in einem geliehenen Kutschermantel auf einem Schemel der Wirtin die Kaffeemühle gedreht habe. Er sei sich wie in einer Alphütte vorgekommen. Zenobi, der einen trüben Nachmittag voll quälender Unruhe verbracht hatte, fand in Helenes Anblick seine gute Laune wieder. Er fühlte sich wieder in Form. Die anderen ließen ihn gewähren.

Doch er schlief schlecht in dieser Nacht. Die Nähe Helenes machte ihn fiebern. Verwirrende Bilder bestürmten ihn. Es fiel ihm plötzlich schwer aufs Herz, daß ein Tag von den zwei glücklichen dahin war, und nun sah er Helene, wie unter einem Glassturz, elfenbeinern und kostbar... Mit dem Rücken zu ihr stand Richard, gleichgültig, kühl und blickte ihn mit einem unverschämten Lächeln an. Das war lästig und quälte ihn, wie das nicht aufhören wollende Summen einer Fliege über seinem Kopf. Oder war es wirklich nur die Fliege?... Er stand auf und trank Wasser. Ein heftiger Wind warf heulende Regentropfen gegen die Fensterscheiben, die leise klirrten. Ob Helene wohl schlief? – Was war das für ein seltsamer Mensch, dieser unbewegte Richard, daß er mit Helene umging wie mit einem beliebigen Mädchen, einer Nachbarin, die man kennt und von der man alles weiß; mit der man redet oder schweigt, als wäre es nicht das größte Wunder, daß sie da ist. Oder war es möglich, daß jemand in Helene nichts als ein schönes Mädchen sah?... Eine Frau – begehrenswert?... Er stöhnte. Ein quälender und tieferregender Gedanke, der ihn zu vernichten drohte. Faßte ihn jetzt ein Zweifel über sein Dasein und drohte ihn schwindlig ins Bodenlose hinabzustürzen? Nein, nein! Im Sturze sah er ihre Augen. Sie hielten ihn. Da war eine Hoheit und ein Strahlen über jeden Wunsch und Zweifel. Andere waren Frauen, sie aber war Schönheit, vollkommen, unnahbar... Und in der unruhevollen Halbwachheit von Bildern bedrängt, sah er sie in allen Verwandlungen, die sein Phantasiespiel ihm nur bieten mochte, und immer stand er am Ende vor der gleichen beglückenden Grenze, ob er der Niedersten einer oder der Mächtigste war. Und wäre er der kaiserliche Prinz selbst, so war und blieb sie Helene. Und doch, einmal, und war der Tag noch so fern, daß man seinen Schein noch nicht ahnen

konnte, da wird er vor sie treten... Das war sein Geheimnis für ihn allein.
Als der Morgen bereits heraufdämmerte, lag er mit geschlossenen Augen, lächelnd, und führte ein halbgeträumtes, halbgedachtes Gespräch mit Richard. Der stand in kurzen Hosen, mit der Miene eines unverschämten Schülers, der sich herausreden will, vor ihm. Zenobi aber, sehr überlegen, ganz Nachsicht, gab sich den Anschein, als wüßte er von nichts und sagte:
«Behalten Sie Ihre Erklärungen für sich... Ich bin gar nicht neugierig.»
«Erlauben Sie! Wir sind es von früher so gewöhnt, da ist nichts dabei.»
«Brav, brav!» nickte Zenobi. «Sie sind sehr bescheiden, mit ihr gewöhnt zu sein. Aber trauen Sie sich nicht zuviel zu. Vielleicht verstellt sie sich nur?... Und wenn Sie auch ein großer Bergsteiger sind, so hoch können Sie gar nicht steigen, daß Sie sie erreichen. Merken Sie denn nicht, daß Sie nicht durch die Wand können, wenn sie auch von Glas ist?» Richard aber machte ein scheinheiliges Gesicht und sagte: «Ich darf mich nicht mit Ihnen messen. Sie sind wohl ein großer Herr... Darf ich Ihren Namen wissen?»
Zenobi schien es, daß er dabei leise kicherte. Eine Weile fühlte er sich wie unter einem Alpdruck... Stand er nicht vor aller Augen da, nackt und bloß, wie am Pranger und konnte sich nicht rüh-

ren?... Er holte tief Atem. Die Lider lagen ihm bleiern auf den Augen. Aber er lächelte wieder...

«Ja, Sie heißen Richard und sind ein Ingenieur. So viel Ihnen das scheint, ist es auf dieser Waage weniger als nichts.»

Und er hatte die Genugtuung, daß nach diesen Worten Richard lautlos in einem langen, dunklen Gang verschwand.

Er erwachte gestärkt, mit dem Vorsatz, an einem gemeinsamen Ausflug nicht teilzunehmen, Klarheit zu schaffen, Helene zu bitten, ihrem Freunde die Lage zu erklären. An diesem Tage wollte er ihr endlich alles sagen. Doch als er hinunterkam und im Gastzimmer am Tisch Helene allein fand, schlug ihm das Herz. Sie war sehr blaß und antwortete nur leise auf seine Begrüßung, ohne ihm die Hand zu geben. Bei seiner Frage, wie sie geschlafen habe, flog eine leichte Röte über ihr Gesicht, dann sagte sie: «Richard war in der Nacht nicht wohl...»

Er fragte besorgt: «Etwas Ernstes?»

Sie überhörte die Frage.

«Er brauchte meinen Beistand», fuhr sie fort. «Ich bin bei ihm geblieben.»

Er sah betroffen an ihr vorbei und fragte mit Anstrengung:

«Wie, ist er krank?»

Sie hatte ihr ungeduldiges Achselzucken.

«Er will heute schon zurückreisen, und ich werde ihn begleiten.» Es klang scharf und entschieden.
Einen Augenblick lang glaubte er, noch in Traum und Alpdruck der Nacht verstrickt zu sein, suchte einen Halt.
«Und ich, Helene?»
«Nicht, nicht», rief sie abwehrend und stand auf.
Jetzt erst sah er, daß sie im Reisekleid war, indessen sich die Tür öffnete, und Richard seinen Rucksack in der Hand, wie er ihn an der Bahn sah, ruhig eintrat.
«Bist du fertig, Lene?»
«Ja, im Augenblick!» Sie ging rasch an Zenobi vorbei zur Tür hinaus.
Zenobi stand erstarrt mitten im Durchgang zwischen den Tischen. –

VII

Wochenlang saß Zenobi in seiner Kanzlei verkrochen, als suche er die Verborgenheit, und arbeitete mit einem wilden Eifer. Vielleicht dachte er, daß Arbeit einem Manne die Geltung verschaffen könne, die selbst die Liebe ermangelt, oder auch, er wollte nur den quälenden Gedanken entgehen, die ihn heimsuchten. Denn es gab Abende, an welchen er ohne es zu wollen sein Gesicht im Spiegel als die Maske eines traurigen

Clowns wahrnahm, die ihn durch den Ausdruck leeren Elends erschreckte... Er mußte sich durch diese Verschüttung durchgraben, um wieder an die Oberfläche zu kommen.
Der Fabrikantensohn Leischnigg half ihm dabei, indem er ihn in die heitere Gesellschaft seiner Freunde brachte und ihn auch bewog, sich in das Haus seiner Eltern einführen zu lassen. Wenn sie in Zivil waren, konnte er ihm freundschaftlich gönnerhaft auf die Schulter klopfen und seiner geringschätzigen Meinung über das Amt unverhohlen Ausdruck geben.
«Unter uns und aufrichtig, lieber Freund, was soll Ihnen der Bettelkram dort?... Ein Mann wie Sie... Sie passen ja gar nicht zum Kommis... Warten Sie nur, bis ich da heraus bin, dann kommen Sie zu uns in die Fabrik... Der Alte muß mir einen pikfeinen Posten für Sie schaffen. Er hält große Stücke auf Sie.»
Und der Vater bot ihm eine echte Zigarre an, sagte:
«Ein Mann wie Sie sollte nicht in einer Kanzlei sitzen und geschäftigen Müßiggang treiben... Kommen Sie und sehen Sie sich einmal unser Werk an. Wir exportieren bis nach Kanada.»
Er war im Hause sehr gern gesehen.
«Wie bei Generaldirektors im Film, genau so...», dachte Zenobi, als er im Wintergarten der Prunkvilla im Kreise der Familie Tee trank. Da

waren Zimmerfluchten, Gemächer von orientalischer Pracht, überraschende Ausblicke auf Parkwiesen, eingefaßte Teiche mit springenden Brunnen... Aber während dort der Kampf zwischen Liebe und Geld verheerend wütete und durch den Opfermut der schönen Lilian etwas überhastet – es gab nur drei Akte – zugunsten der ersteren entschieden wurde, war es hier friedlich und ein wenig langweilig. Die Damen – es gab ihrer eine stattliche Anzahl jüngerer und älterer, in deren verzweigte Verwandtschaft er allmählich eingeweiht wurde – bezeugten große Anteilnahme an der Operette, und Zenobi konnte sowohl auf diesem Gebiete wie auch auf dem der Liaisons in der Theaterwelt und der Mode, ihre noch so weitgehende Neugier befriedigen. Unter den Herren – sie erinnerten Zenobi an seine in der Jugend so bewunderten Vorbilder, die famosen Geschäftsreisenden – wirkte er wie ein Mann von Welt. Seine Art wies auf eine höhere Lebensebene... Und obgleich hier alle wußten, wer er war, wurde er von den jüngeren Frauen behandelt, als erwarteten sie Außerordentliches von ihm... Allmählich traten auch Ansprüche an ihn heran, die ihn für die letzte Katastrophe aufs freigebigste entschädigen zu wollen schienen. Ein Gespräch mit ihnen war freilich wie in einem Stück mit verteilten Rollen, wo der eine Partner schon vorauswußte, was der andere antworten wird; auf

eine Frage wurde eine bereits vorher bestimmte Antwort erwartet. Die Eindeutigkeit der Absicht war nicht mißzuverstehen, und doch bediente man sich eines falsch scherzhaften Tons, der in jedem Augenblick den Rückzug anzutreten erlaubte. Denn sobald man etwas wörtlich nahm und sich näherte, wurde man durch ein entrüstetes: «Was fällt Ihnen ein?» in die Schranken gewiesen, und nur ein Blinzeln verriet die versteckte Aufforderung, noch kühner aus ihnen herauszutreten. Man hatte offenbar robuste Wünsche, aber es war keine Anmut und keine Freiheit daran. Zenobis Gefühl wurde von dem seichten Geplänkel nicht in Bewegung gebracht... Rendezvous war das Wort, das man hier in allen Tonarten hören konnte. Es bedeutete Skandal, wenn es auf jemand bezogen wurde, dem man nicht wohlgesinnt war; ein andermal war es wieder ein Familiengeheimnis; ja es konnte sogar gleichbedeutend mit Liebe sein – je nachdem man dazu lachte, lächelte, seufzte oder sich zuzwinkerte.
Eine Kusine des jungen Leischnigg hatte Zenobi aufgefordert, ihn einmal in der Stadt zu treffen, um gemeinsam die Gartenbau-Ausstellung zu besuchen. Sie kam tief verschleiert, sah sich nach allen Seiten um, kicherte ohne Grund und benahm sich während der ganzen Zeit, die er sie herumführte, so auffällig, daß man auf sie aufmerksam wurde.

«Ach, wenn mich nur niemand erkennt», flüsterte sie ängstlich Zenobi zu und klammerte sich an seinen Arm.
Zenobi in seiner Beschützerrolle schlug vor, sie etwas abseits durch die stilleren Anlagen zu führen. Da wurde sie heftig und weinerlich, warf ihm vor, daß er sie kompromittieren wolle.
... «und Sie wollen ein Kavalier sein!»
Er war ratlos.
«Möchten Sie etwas zu sich nehmen? Eine Erfrischung?» fragte er und wies nach dem nahe gelegenen Pavillon. Sie lehnte zögernd ab.
... «Oder wollen Sie nach Hause, dann bringe ich Sie zu einem Wagen?»
Sie schüttelte den Kopf, schmollte:
«Ach, seien Sie doch nicht so langweilig...» Sie seufzte: «Sie haben mir doch ein Rendez-vous gegeben...»
Diesmal klang es fast wie Liebe.
«Glauben Sie, daß ich Sie entführen will?» fragte Zenobi lachend, in der Absicht, sie heiter zu stimmen.
«Pfui», rief sie. «Was denken Sie denn von mir?» Und plötzlich mit kühler Gelassenheit: «Wenn ich es nicht bin, dann weiss ich wirklich nicht, wer im Hause Ihnen mehr Avancen macht... Oder meinen Sie, daß Sie sich durch Tante Ria besser lancieren können..., dann werden Sie sich täuschen!»

«Lancieren!» wiederholte Zenobi erstaunt. «Mein verehrtes Fräulein Kitty», sagte er würdevoll und in stolzer Haltung, «wenn Sie wüßten, wen Sie vor sich haben, würde Ihnen ein solcher Gedanke lächerlich vorkommen.»
Sie sah fragend zu ihm auf:
«Wir zerbrechen uns ja auch genug den Kopf darüber...»
Aber er sagte nichts mehr.
Seitdem schränkte er seine Besuche im Hause ein. Er fühlte sich wieder obenauf.

Zu einer Sitzung in der Kammer der Abgeordneten war Zenobi an einem freien Nachmittag mit einem nachlässigen Gruß an dem Aufseher vorbei in die Diplomatenloge eingetreten und wurde dann in der Pause, während seines Herumschlenderns in den Gängen, von zwei Studenten um Billette zur Tribüne angegangen; er verschaffte sie ihnen mühelos durch einen Abgeordneten, mit dem er sich gerade über die Tagesordnung unterhielt. Später war er im Wandelgang mit einer jungen Frau, die ihn eine Weile von ihrem Sessel in einer Nische beobachtete, in ein Gespräch gekommen. Sie trat ungezwungen auf ihn zu und fragte ihn um seine Meinung über den Ausfall der heutigen Abstimmung. Zenobi wurde sofort sachlich und erörterte die Chancen mit dem Eifer eines Tiefbeteiligten. Die Dame hörte interessiert zu, warf hie und da eine Frage dazwischen, schien aber mehr auf die Art, wie Zenobi sprach, die ihr ungewohnt war, zu achten, als darauf, was er sagte. Ihm wieder fiel an der blonden jungen Frau, die man hübsch nennen konnte, etwas auf, was er bis jetzt noch nicht kannte: daß sie ohne höfliche Redensarten nicht unhöflich war und mit ihm in einem Tone sprach, der weder vertraulich noch abweisend oder fremd war. Sie konnte aufhören oder das Gespräch fortsetzen, das eine wäre ohne Verlegenheit, das andre ohne Zwang gewesen. Es war da etwas Müheloses, Leichtes, als hätte sie ihn unsichtbar bei der Hand genommen und in einen schwebenden Tanz geführt. Und ohne daß er es wußte, nur aus einem inneren Wohlgefallen heraus, paßte er sich ihrer Führung an, bis auf die Tonhöhe der Stimme, die nicht laut, aber auch nicht leise war. Ebenso war ihre Haltung. Sie stand zuweilen ganz nahe bei ihm, wie es eine Bewegung beim Aufmerken erforderte, ohne daß er Nähe spürte, und sie trat zurück und war deshalb doch nicht entfernter. Und bis auf das Kleid, das man als dunkel hätte bezeichnen können, das aber satt von Farbe war und nur nicht glänzte, ordnete sich alles an ihr zu einer Einfachheit, deren Kostbarkeit nur zuweilen von einem stahlblauen, klaren und etwas harten Blick erhellt wurde. Die

Unterhaltung dauerte nicht lange. Die junge Frau verabschiedete sich, indem sie ihm freundlich die Hand gab, als ein alter Herr, in hohem Hut und mit grauen Bartkoteletten, der langsam den Gang herunterkam, bis auf einige Schritte sich ihnen genähert hatte, und ging, den Alten behutsam unter dem Arm stützend, dem Ausgang zu.

Als Zenobi einige Tage später auf seinem Abendspaziergang in die blendende Halle eine Hotels hineinsah, glaubte er seine Unbekannte in einer Dame wiederzuerkennen, die dort unter einer hohen Stehlampe saß und in die Lektüre einer Schrift vertieft schien. Entschlossen ging er durch die Drehtür auf die breite, eichene Schranke los, warf dem hinter ihr stehenden Angestellten einen Namen zu, erbat auf den erwarteten Bescheid, der Betreffende sei noch nicht eingetroffen, Papier, um eine Mitteilung zu hinterlassen, und stand, als er es erhielt und einen Platz zum Schreiben suchte, einige Schritte entfernt in der Tat jener Fremden gegenüber. Sie hatte ihn bereits bemerkt und nickte ihm auf seine Verbeugung freundlich zu.
«Interessant, Sie wieder zu sehen.» Sie gab ihm die Hand.
«Wohnen Sie hier?»
«Nein... Bekannte...»

«Sie erwarten sie?... Ah, ich sehe, Sie wollen schreiben...»
«Es hat keine Eile.»
«Wollen Sie sich zu mir setzen?»
Während die Drehtüre nicht stillstand von den kommenden und gehenden Menschen zu dieser frühen Abendstunde, sprach sie mit ihrer gleichmäßigen hellen Stimme von einem Hochstapler, dessen Verhaftung unter allerlei merkwürdigen Umständen die Zeitungen gerade meldeten.
«Das Schrecklichste für diese Art Menschen, die soviel für ihre Unabhängigkeit wagen, muß doch das Gefängnis sein, die Freiheitsberaubung. Verbrechern aus Leidenschaft, denke ich mir, muß der Kerker willkommen sein... Sie brauchen Ruhe und Besinnung. Aber solche Zugvögel einsperren ist wahrhaft grausam. Grausame Rache jener, die es nicht so gut haben...»
Zenobi widersprach:
«Aber ich bitte Sie, es sind Betrüger wie andere...»
Sie sah ihn mit einem prüfenden Blick eine Weile an, lächelte abwehrend:
«Doch nicht schmutzige Betrüger aus Habsucht. Sie legen nichts zurück. Sie nehmen auch am liebsten aus der Fülle, wo der Schaden kaum gespürt wird... Großjuweliere, Banken... Und wenn es Geschädigte gibt, so sind sie doch auf eine honette Weise entschädigt worden und soll-

ten sich eigentlich schämen, zu Gericht zu laufen... Wenn die Gans einige Monate wirklich glaubte, mit einem Baron oder einem Malteserritter verlobt zu sein, warum will sie sich das nicht etwas kosten lassen und weint um ihre Ersparnisse!... Oder jener Restaurateur, den nachher die schönen Sektgelage reuen, bei denen er so tapfer mittat... Ein Adliger aber, der für einen guten Tip beim Rennen sich auf Vertraulichkeit einläßt oder der sich von einer protzigen Equipage imponieren läßt, dürfte nicht auf Betrug klagen. Er sollte sich schämen...»

Zenobi fand solche Ansichten verkehrt und machte Einwendungen. Es seien doch meist klägliche Gesellen, die zwischen äußerster Not und Gefängnis sich hin und wieder einen üppigen Tag machen, wohl wissend, daß das Vergnügen von kurzer Dauer ist. Er dachte an eine Gerichtsverhandlung, bei der er vor kurzem als Zuhörer anwesend war. Und schon ging es mit ihm durch.

«Ich hatte vor kurzem einen solchen Fall bei Gericht... einen Heiratsschwindler. Der Bursche sah aus wie ein kleiner Handwerker oder ein biederer Briefträger aus der Provinz. X-beinig, unansehnlich, mit einer stupiden Glatze... Er hatte da so einen Trick mit Erbschaftsdokumenten, deren Orthographie einem Schulknaben aufgefallen wäre... Man sollte nicht glauben, daß dieser Mann fast ein Dutzend Frauen verführt und ge-

schädigt hat, darunter junge und hübsche, abgesehen von den respektablen...»
«War er nicht liebenswürdig?»
«Sie fanden es wohl... Es war komisch, wie er ihnen noch im Gerichtssaal süße Augen machte, und wie ungern und zögernd sie gegen ihn aussagten. Nur eine ältliche Lehrerin, die sich indessen wieder verlobt hatte, war unerbittlich und haßerfüllt...» Er lachte. «Er hatte wahrhaftig nichts von einem Helden.»
«Er liebte die Frauen.»
Zenobi sah erstaunt auf bei diesen Worten seiner Partnerin, über den bestimmten und abschließenden Ton, mit dem sie sprach. Doch sie lächelte wieder, während ihre hellen Augen etwas in seinem Gesicht suchten, als sie fortfuhr:
«Man soll nicht Allgemeinheiten reden... Es kommt dabei nicht viel heraus. Die Erfahrungen anderer sind unsere Vorurteile. Man soll seine eigenen machen... Besonders bei den Frauen! Ich will Ihnen trotz unserer kurzen Bekanntschaft ein Geheimnis verraten. Männer haben viel Ablenkung, Frauen eigentlich nie. Sie lassen sich selten täuschen über das, was ihnen fehlt: Jemand, der sie liebt... Ob sie nach dem Roman heiraten und nach dem Leben unglücklich werden, oder umgekehrt, eines Tages wissen sie mit einer Sicherheit, der nichts gleichkommt – vorausgesetzt natürlich, daß sie nicht dumm sind und nicht

einen suchen, der sie versteht, sondern sich selbst verstehen – sie wissen, daß der Mann, der sie liebt, nicht so aussieht wie ein Romanheld, auch nicht wie der ehrbare oder verlogene Vater ihrer Kinder, noch wie der lyrische und verehrungsvolle Hausfreund, sondern vielleicht wie Ihr Handwerker oder Landbriefträger, mein Herr! – Oder...»

Sie schien noch etwas hinzufügen zu wollen, brach aber mit einem kurzen Lachen ab.

Zenobi war in Aufruhr. Was er da zu hören bekam, ging ihm sehr nahe, weil es seiner Erfahrung widersprach... Und doch war es überzeugend... Er fühlte sich versucht, von sich selbst zu sprechen, sich dieser Wissenden anzuvertrauen, aber ihr Blick, als sie abbrach, wenn er auch fragend auf ihm zu haften schien, warnte ihn. Einer Eingebung folgend, beugte er sich schweigend nieder und küßte ihre Hand, die auf der Sessellehne ruhte. Als sie aufbrechen mußte, verabredeten sie, sich bald wieder zu treffen. Sie sahen sich wieder.

Einige Wochen später erbat Zenobi, der im Amt befördert worden war, in dringenden Familienangelegenheiten einen Urlaub und begab sich auf eine Reise.

Oben auf der Höhe des Felsens, hinter dem eisernen Geländer, an das gelehnt, die Fremden seinen jähen Abfall zur Adria bewundern, bis zur Straße, die an dieser Stelle eine sanft hinabsteigende Krümmung zu den gewaltigen Quadern des Nordtors der alten Seestadt macht, lag ein sonnenversengter, mäßig großer Grasplatz, wie ein fleckiger, vernutzter Teppich. Auf ihm waren zwischen Agaven, Oleandern, mageren Palmenwedeln, die eine dicke Staubschicht erdfarben gemacht hatte, eine Anzahl roher Tische und Schemel verstreut. Das niedrige türkische Kaffeehaus mit seinen geschwärzten, fensterlosen Öffnungen nach dem kleinen Platz lag wie ein zusammengekauertes, langleibiges Tier in der heißen Stille des Mittags. Ein fezbedeckter, hemdärmeliger Albaner, mit blaurasierten Backen, trägt behutsam auf einer ziselierten Messingplatte die kleinen dampfenden Schalen über die steilen Stufen der Küche zu den Tischen, an denen zu dieser Stunde in der brodelnden Schirokkoluft nur wenige Besucher sich eingefunden haben. Es ist die Zeit, da die wechselnden Bewohner des großen Fremdenhotels, das jenseits der Straße in seinem immergrünen Park hinter dem hohen Gitter, ein riesiger blauweißer Würfel, aus den schwarzen Spießen der Zypressen ragt, in den verdunkelten Zimmern oder auf der der Sonne abgekehrten Terrasse in ihren Liegestühlen ruhen. Nur der weißgekleidete, schlanke Herr fehlt fast nie zu dieser Stunde. Der Albaner kennt ihn gut. Er läßt sich Tisch und Schemel bis ans Geländer tragen, trinkt in langen Abständen seine zwei, drei Tassen, raucht die dicken Zigaretten eine nach der andern und wird nicht müde, aufs Meer hinauszusehen. Es muß ein vornehmer Herr sein... Es vergeht eine Stunde und mehr, dann kommt rasch den Staub der Straße kreuzend von drüben die junge, blonde Frau, ebenfalls ganz in Weiß, winkt mit dem Sonnenschirm, ihr Ruf, den sie zuweilen austößt, ist wie der Schrei eines Vogels. Sie sitzen dann noch eine Weile beisammen und gehen Arm in Arm fort. Der Albaner sieht ihnen nach, wie sie unten im Torbogen verschwinden oder einen Wagen besteigen, der vor dem Gitter hält. Er hat seine Freude an dem Paar. Auch am Abend, wenn einige bunte Papierampeln zwischen den Bäumen den Sternenhimmel noch höher hinaufheben, und die drei Zigeunermusikanten die anwachsende Brandung zu übertönen suchen, kommt das Paar oft herüber. Er schwarz, mit blendender Hemdbrust und mit bloßem Kopf, die junge Frau einen Schal um die bloßen Schultern, eine Blume im Haar, um ein Scherbet zu essen, am Geländer zu lehnen und das Rauschen der nächtlichen See zu hören.

Zenobi ist verzaubert. Seit jenem Morgen, als sie über den rotgoldenen Schild der frühen Sonne der Küste sich näherten, und aus dem streifigen Dunst das Land, von den ragenden Zacken der weißen Berge aufflammend bis zum Gewimmel des Kais und des Hafens Stück um Stück emportauchte, war für Zenobi die nächtliche, stürmische Fahrt, die vorangegangen war, wie ein Sprung über einen Abgrund, der eine selige Welt von der anderen trennte, aus der er kam. Die Verwandlung war völlig. Sobald er seinen Fuß auf diese Erde gesetzt hatte, nahm ihn ein Leben auf, das keinen anderen Anspruch an ihn stellte als den einen, von ihm gelebt zu werden. Er tat es mit der Hingebung, die, seit er denken konnte, nur auf eine solche Aufforderung wartete. Der nie getrübte Himmel, das weite Meer, das wie zärtliche blaue Seide sich fältelte, die leicht zu atmende, streichelnde Luft waren eine tägliche Bestätigung und sagten zu allem Ja. Und die Frau an seiner Seite war ein Element wie sie, Leib dieser Wasser, dieser orangenen Erde, Nymphe der immergrünen Haine, zärtlich wie die Abendbrise... Land und Meer gehörten ihnen. Schiffe mit bunten Segeln brachten sie zu den nahen Inseln, die, paradiesische Wildnisse oder steile, von buntem Volk belebte Felsennester, aus den Wassern stiegen. Stille Fahrten auf flachen Booten zu den Quellen der Flüsse, die wie opalene Spiegel verdämmernder Farben der belebten Ufer waren... Fahrten zu Land durch honigfarbene Berge, von Wein und Nelken duftend in der Mittagsglut. Schreie der Winzer in bunten Fetzen auf dem Wege... Männer und Weiber in Schweiß und

Traubensaft getaucht... Esel mit strotzenden Weinschläuchen beladen, beizender Rauch aus Dorfhütten... Und am Ende der Fahrt, wie eine Oase zwischen stillen Bächen, eine Grasflur mit silbernen Pappeln, eine klappernde Mühle hinter einer Schleuse, Geruch von Wasser und Abendschatten...

Das fremde Land, das Leben im Hotel unter gleicherweise Privilegierten, wie auf einem höheren Absatz der Menschheit, machte die Verwandlung vollkommen. Er konnte seine Phantasie ruhen lassen. Hier war keine widerstrebende Umwelt zu überwinden oder zu täuschen. Dem Baron und der Baronin von Stauff kam man überall mit der gebührenden Ehrerbietung und Zuvorkommenheit entgegen, und im engeren Kreise der Gesellschaft, der sich vorübergehend um das glänzende Paar bildete, genoß Zenobi die Vorzüge seiner natürlichen Liebenswürdigkeit, seines Geschmacks und seiner heiteren Laune, als den Erfolg von Eigenschaften, die, selbst in diesem Stande in solchem Maße selten, ihm eine bevorzugte Stellung einräumten. Der Glanz, der ihn umgab, brachte alle Vorzüge seiner Erscheinung erst zur Geltung. Das braune Haar lag wie eine feste Haube auf dem Kopfe, an den Schläfen lockte es sich leicht und gab seinem ausdrucksvollen schmalen Gesicht gleichsam kleine Flügel des Aufschwunges. Die militärische Gewohnheit des festgeschlossenen Mundes und leicht gehobenen Kinns riß auch die weichen Partien der Wangen zu einer noblen Energie zusammen, und die früher schweifende Unruhe der Augen wurde durch das Vertrauen, das von überall ihm entgegenkam, zur Treuherzigkeit gefestigt. Drückte er das Monokel ins rechte, so gab es nicht einen Akzent von Überheblichkeit oder Schärfe, vielmehr etwas wie Scherzhaftigkeit in dem Bilde von Heiterkeit und entschlossener Lebensfreude. Ein scharfer Beobachter hätte vielleicht ein leises Schnaufen durch die Nase und eine gewisse Hast beim Essen als Reste einer älteren Bildung unter der vollendeten Oberfläche erkannt. Bei Marianne weckte es zuweilen ein Lächeln der Nachsicht in den hellen Augen. Im übrigen war sie mit ihm zufrieden.

Nach Zeiten eines stürmischen Auf und Ab, stets in Gefahr und verwegen sie herausfordernd, zuletzt nach Monaten erzwungener Einschließung an der Seite des alten Herrn, die sie sich auferlegt hatte, um das arg beschädigte Lebensschiff wieder flott zu machen, gönnte sie sich diese Reise als eine Erholung. Es war zugleich ein Experiment, wie es mit diesem seltsamen Partner ausgehen würde. Oft freilich war sie sich nicht klar darüber, ob er ihr so sehr an Raffinement überlegen sei, daß sie auf der Hut sein müsse, und es verwirrte sie, je länger dieser idyllische Zustand dau-

erte, Zenobi ebenso zuverlässig als Liebenden, wie unerschütterlich in seiner Rolle zu sehen.
Es wehte frischer Wind von der See, und sie waren gleich nach dem Mittagessen Arm in Arm zu dem türkischen Café hinübergegangen. Der Albaner hatte in der Ecke vor dem Gitter zuvorkommend ein Sonnensegel aufgespannt, das lustig über ihren Köpfen knatterte.
«Hattest du eine Absicht, daß du der Generalin sagtest, wir müßten auf die gemeinsame Fahrt morgen verzichten?» fragte Marianne von Stauff, ihren Kaffee schlürfend.
«Absicht? Nein. Wie kommst du darauf?... Ich meinte nur, wir sind glücklicher, einmal einen Tag allein beieinander zu sein... Oder ist dir sehr an dem Ausflug gelegen?»
«Gar nicht... Aber denk dir, sie nahm mich im Garten beiseite, sagte, es falle ihr auf, daß wir uns letztens so wenig beteiligten. Ob uns nicht zufällig die Post ausbliebe, ob wir vielleicht in Verlegenheit wären, es komme ja vor auf Reisen... Oh, sie war sehr diskret... Kurz», Marianne lachte, «sie bot mir Geld an.»
«Ah, wie zudringlich!» sagte Zenobi unangenehm berührt. «Du hast doch abgelehnt?»
Sie sah ihn rasch prüfend von der Seite an.
«Ja, das habe ich. Doch um nicht unhöflich zu sein, sagte ich, man kann es eigentlich kaum, wenn es einem auf so reizende Weise angeboten

wird... Und daß ich mir ein Vergnügen machen werde, in Verlegenheit zu kommen, nur um sie darum zu bitten... Aber du glaubst nicht, wie mir das Eindruck machte.»

«Warum?» fragte Zenobi verwundert.

«Sehr einfach... Weil das solche Leute selten, sehr selten tun!»

«So», sagte Zenobi mit hoheitsvoller Nachlässigkeit. «Es ist halb so schlimm, meine ich... Neulich abends am Spieltisch wollte mir die Baronin mit Gewalt fünfzig Louis aufdrängen. Der Italiener liegt mir schon zum dritten Male an, wir möchten doch im Herbst auf seinem Gut in der Romagna seine Gäste sein... Ja, sogar der Direktor des Hotels macht ein beleidigtes Gesicht, wenn ich die Rechnung zahlen will, als wollte ich ihm das Geld schenken. Und besteht darauf, alle unsere Einkäufe und Auslagen zu bezahlen...»

«Und was folgerst du daraus?»

«Nichts... Oder, daß dein Kredit so groß ist wie deine Liebenswürdigkeit... Oh, noch lange nicht so groß... Und ich bin glücklich!»

Fast wandelte sie Rührung an vor dem leuchtenden Blick, mit dem er sie umfing. Doch das Mißtrauen, das ihre Erfahrung sie gelehrt, erlaubte keine Gefühle preiszugeben. Sie merkte mit einiger Verwirrung, wie sehr ihr Verhalten in diesen kurzen Wochen von ihm bestimmt war, und daß sie die Führung verloren hatte. Er hielt sie im

Netz seiner Liebe gefangen, so daß sie fast weich wurde. Es tat wohl, so gehegt zu werden, aber auch sein persönlicher und gesellschaftlicher Erfolg schmeichelte ihr... Er war erstaunlich... Dieser Mensch war nicht zu fassen. Er spielte seine Rolle so vollkommen, daß nichts seine Absichten verriet. Das reizte sie. Sie versuchte eine Überrumpelung.

«Oh, du bist mir über!» sagte sie, ganz nahe an seinem Gesicht. «Du hast etwas vor... Habe ich dein Vertrauen nicht verdient?... Was planst du?»

Er sah sie mit so offenem Erstaunen an, daß sie fast die Fassung verlor.

«Laß uns doch wieder zu jener kleinen Insel hinüberfahren», bat er und wies aufs Meer. «Der Direktor sagte, sie sei billig mit dem Haus zu kaufen. Sollte es nicht möglich sein?»

Sie verbiß ein Lachen, sah ihn kopfschüttelnd an und sagte: «Warum nicht... erkundige dich doch!»

Sie waren in die Stadt zurückgekehrt. Zenobi fand sich schwer in seine alte Tätigkeit. Vage erwartete er eine Veränderung.

Es war Sonntag. Die hohe Tür, die auf die Gartenterrasse führte, stand auf. Das leise Plätschern eines Springbrunnens, Vogelgezwitscher und herber Laubgeruch drangen in das helle Zimmer, in dem der Diener eben den Frühstückstisch abgeräumt hatte. Marianne von Stauff in ihrem weißen Tennisdreß lehnte sich im Sessel zurück und sagte:

«Mit deiner Erziehung, mein Lieber, denke ich manchmal, ist es nicht weit her, und doch bist du eine Art Gentleman... Verzeih, ich sage das nicht, um dich zu kränken, aber ich muß darüber sprechen. Du führst Rechnung über unsere Ausgaben wie ein Buchhalter und erklärst dich für deinen Teil als mein Schuldner. Was ist das für eine Pedanterie?... Dazu steht doch das Bankguthaben auf deinem Namen!»

«Das eben ist mir peinlich, Marianne», erwiderte Zenobi, der ihr gegenüber saß, und schnipste mit dem Finger über das silberne Zigaretten-Etui, das vor ihm auf dem Tisch lag. Seinem glatten, tief gebräunten Gesicht stand der grauweiß gestreifte Flanellanzug vortrefflich. «Ich habe mich drein ergeben in Ragusa, damit wir keine Schwierigkeiten vor den Leuten haben. Du selbst hast es auch nicht anders aufgefaßt... Bis ich meine Angelegenheiten, die etwas in Verwirrung geraten sind... seitdem, du weißt... wieder in Ordnung habe... nur so lange noch. Ich kann's doch nicht, verstehe mich... Hier ist alles anders... Ich bin doch nicht mit dir verheiratet.»

«Was würde das auch nützen! Du wärst deshalb

doch nicht der Baron von Stauff... Und was wär' das schon!... Möchtest du, daß wir wieder reisen?»
Zenobi antwortete nicht gleich. Er stand auf, ging bis zur Terrassentür und sah eine Weile in den Garten hinaus. Sie wartete gespannt.
«Ich kann nicht sagen, daß ich mich hier wohl fühle», sagte er, langsam zurückkommend. «Du bist seit einiger Zeit so verändert. Hast mit so vielen Leuten zu tun. Empfängst spät abends, wenn ich fort bin, noch große Gesellschaft... Was waren wir doch glücklich in Ragusa!»
Sie zog ihn an der Hand zu sich heran und hielt ihn fest. «Wir könnten wieder reisen. Vielleicht werden wir es sogar müssen... Aber wie in Ragusa wird es nicht wieder sein. Man muß für sein Glück auch etwas riskieren. Du bist schrecklich naiv, mein Junge... und bequem. Es werden jetzt immer Leute um mich sein, die ich brauche. Statt daß du mir gewissenhaft deine Rechnungen präsentierst, könntest du dich zum Beispiel für diese Dame Friedrich interessieren, die dir Augen macht, so groß...»
«Ein Scherz, Marianne?»
«Kein Scherz. Sie ist sehr reich... Zieh das Gesicht nicht so in die Länge, es sieht dumm aus.»
«Ich verstehe dich nicht...»
«Das sehe ich, leider... Und du hast doch sonst Phantasie. Ich muß deutlicher werden... Ich

brauche den Bankier Tugendhat, wie du die Frau Friedrich. Unsere Mittel sind bald erschöpft.»

«Meine, meinst du. Gewiß. Ich werde arbeiten. Ich überlege eine Veränderung. Aber du...»

Sie sah ihn fragend an. Er fuhr fort:

«Gehört nicht das Haus dir? Und das Gut in Kärnten?»

Sie lachte:

«Ja, auf dem Mond!»

«Wie? Bist du nicht...»

Sie sah ihm kalt in die Augen, und plötzlich verstand er.

«Ach, das ist jetzt gleichgültig, was ich bin. Weiß ich denn, wer du bist? Ich habe dich nie danach gefragt...»

«Aber ich liebe dich doch, Marianne!»

«Das glaubte ich. Ich dachte, du gehörst zu mir... Aber du schläfst, du hast etwas von einem Nachtwandler an dir, das ist mir unheimlich. Darum will ich dich wecken.»

«Was noch?»

«Weißt du, wer meine Abendgesellschaft ist?»

«Wer?»

«Spieler...»

«Spieler?»

«Kupplerinnen, ausgehaltene Frauen, Männer, die sie verkaufen oder verspielen.»

«Und du, Marianne?»

«Soll ich dir Rechenschaft geben? ... du Narr!»

Zum ersten Male, seit er sie kannte, hörte er ihre Stimme laut werden. Sie klang heiser und rauh, wie gesprungen. Sie hatte die Hände ineinander verkrampft und maß ihn mit einem harten, drohenden Blick.

«Ist es dir jetzt klar?... Und nun habe ich die Polizei im Nacken. Sie wird immer unverschämter. Ich habe kein Geld mehr, um sie zu bestechen.»

Daß hier eine Scheinwelt zusammenbrach, machte Zenobi weniger Eindruck. Aber der Schlag, der seine Liebe traf, in der er sich so geborgen fühlte, brachte ihn einen Augenblick ins Wanken. Und bei dem Aufschrei und harten Wort Mariannes dachte er flüchtig an jenen Tag der Defilierung, als seine militärische Karriere ein so rasches Ende nahm... Woran hatte er es fehlen lassen?... Waren sie nicht glücklich?... Er war bereit, jedem neuen Abenteuer entgegenzugehen, sich durch Gefahren zu schlagen, es mit Gegnern aufzunehmen... Aber für die Rolle, die ihm jetzt zugedacht war, hatte er kein Verständnis.

«Wir müssen fort, entscheide dich!» sagte sie hart.

«Gut... Und dann? Was soll ich?»

«Das mußt du jetzt wissen... Ich habe dir einen Weg gezeigt. Keine Illusionen... Es gilt, ständig auf dem Quivive zu sein, Gelegenheiten zu nützen... Mit Überlegung, doch rasch und kühn zu handeln...» Sie wurde wieder zutraulicher.

«Du hast ja ausgezeichnete Eigenschaften. Du siehst nach etwas aus. Hast ein sicheres Auftreten. Du bist sprachgewandt und lernst leicht dazu... und vor allem, du erweckst Vertrauen!... Der Erfolg ist dir sicher, wenn du nur willst. Pack nur einmal richtig zu, und du bist auf der Höhe!... Hast dein schönes, freies Leben!»

Sie hatte ihre Ruhe und natürliche Haltung wiedergefunden, während sie fortfuhr, Pläne zu entwickeln. Zenobi aber, der ihr aufmerksam zuzuhören schien, hatten die letzten Worte festgehalten und abgelenkt. Er hörte zum ersten Male von einem anderen aussprechen, was der geheime Inhalt seiner Vorstellungen von jeher war, und es befremdete ihn. Er fühlte so etwas wie Scham. Dazwischen dachte er: ‹Wie seltsam! Ein schöner Tag folgt auf den andern. Man ist heiter mit dem Wetter, mit dem Sonnenschein, freut sich über Bäume, Läden, Häuser, Menschen... Und wieder ist ein Tag... Man geht in froher Erwartung aus, und auf einmal ist nichts mehr freundlich, und alles ist verändert und verzerrt. Man weiß nicht, warum...›

Er vermochte nicht zu überlegen, fühlte sich nur einem fremden Zwang untertan, unter dem seine rasche Einbildungskraft erlahmte. Er sah auf die Frau, die auf ihn einsprach, sah zum ersten Male erschreckend ihre Schönheit fremd und fern seinen Wünschen, eine Macht, die ihm Scheu einflößte. War sie ihm je wirklich nahe gewesen? Wer war sie in den verschwiegensten Augenblikken ihrer Liebe?... Er wußte, daß er ihr folgen würde, da sie es verlangte. Doch das schien ihm in diesem Augenblick kaum noch wichtig...

Marianne war mit ihren Ausführungen zu Ende. Ein leeres Schweigen entstand. Mit einem Blick nahm sie die Veränderung wahr, an seiner starren und zerstreuten Haltung, an dem gespannten und zugleich verlorenen Ausdruck seines Gesichts, das älter erschien. Er fragte:

«Wann werden wir reisen?»

Sie sagte: «Morgen!»

Dann besprachen sie die notwendigen Anordnungen.

Als Zenobi am nächsten Tag zur verabredeten Zeit vor dem Bahnhof eintraf, überreichte ihm ein fremder Mann, der vor dem Eingang wartete, unauffällig einen Brief und entfernte sich eilig. Mit einer Sicherheit, die ihn später selbst erstaunte, stieg Zenobi in den noch wartenden Wagen und fuhr in die Stadt zurück. In dem Brief stand:

«Vermeide sorgfältig, dich in der nächsten Zeit vor der Villa zu zeigen. Sie wird beobachtet werden. Behalte die Summe, die ich dich gestern zu beheben bat, was du hoffentlich getan hast. Verwende sie für dich. Solltest du vernommen werden, dann leugne hartnäckig jede Kenntnis von mir ab. Es ist aber nicht wahrscheinlich, denn es weiß niemand deinen Namen. Verzeih', daß ich anders beschlossen habe. Es ist nicht dein Weg!»

VIII

Es konnte bei der sorglosen Hingabe Zenobis an seine Improvisationen nicht ausbleiben, daß er auf seiner Laufbahn, gefährlichen Peripetien ausgesetzt, eines Tages zum Sturz kommen mußte. Wenn er ihm bis jetzt noch wie durch ein Wunder entgangen war, so dankte er dies weniger seiner Geschicklichkeit als jenem Gesetz der großen Zahl, das wir Zufall nennen und das bewirkt, daß eine erstaunlich konstante Anzahl von Menschen im gleichen Zeitraum auf den Straßen einer großen Stadt überfahren, daß aber der und jener, den wir kennen, nicht von der verhängnisvollen Statistik ergriffen wird. Oder auch, weil die Welt gegen materielle Einbrüche besser beschützt ist als gegen sozusagen geistige. Denn unsere Welt, so fest und zugemauert sie unten ist, wird nach oben immer lockerer und je höher, um so luftiger in Beziehung auf alles, was erlaubt und verboten ist, und besonders durchlässig für Ansprüche, die alle scheinbar anerkennen, niemand jedoch honoriert. Die gleiche Freiheit gilt allerdings auch unter den Fundamenten, dort, wo die Abwässer der

Gesellschaft sich sammeln... Aber schließlich kann auch der sonderbarste Rechnungsfeldwebel im eleganten Zivil nicht ungestraft alles tun, was ihm gefällt. Und so geschah es, daß Zenobi eines Tages, an dem seine Rolle weniger anspruchsvoll war, und er sich vielmehr nur einem Gemeingefühl mit gewohnter Begeisterung zu überlassen meinte – daß er gerade dabei mit einem Krach aus der bürgerlichen Welt hinausfiel.
Er hatte sich an der jährlichen großen Maifeier der Arbeiterschaft beteiligt und sich dann dem imposanten Demonstrationszug mit fliegenden Fahnen, Emblemen und blumengeschmückten Mädchen angeschlossen, hatte freudig die Freiheitslieder mitgesungen und in seiner Gruppe das Hoch und Nieder kommandiert. Als man später in dem weiten öffentlichen Park, vom prächtigsten Wetter begünstigt, in den Biergärten sich niederließ und unter die aufgebauten Zelte sich verstreute, hörte man, die Erholung genießend, da und dort einem Redner zu. Da fühlte sich auch Zenobi gedrängt, dem jungen Volk, das sich heiter um ihn bewegte, vom Herzen sich mitzuteilen. Er stieg auf einen Stuhl, und da er gleich mit Klatschen und Zurufen empfangen wurde, war er bald im besten Zuge. Doch gerade als er im Begriffe war, sich über die Segnungen des Achtstunden-Tages auszubreiten, erhob ein überwachender Kommissar Einspruch und er-

klärte, solche zum Klassenhaß aufreizenden Worte nicht zu dulden. Dagegen erhob sich tumultuöser Protest. Man sei hier unter sich, es sei keine offizielle Versammlung. Der Beamte aber, sei es infolge der Strapazen der Überwachung den ganzen Tag über schon nervös oder weil ihm die Geste Zenobis nicht gefiel, wurde durch den sich kundgebenden Widerstand nur hartnäckiger und bestand auf seiner Weisung. Die erregten Zurufe der Menge brachten Zuzug von allen Seiten, der sich schon bedroht fühlende Polizeimann pfiff einen in Bereitschaft stehenden Zug von Schutzleuten herbei, Ordner drängten durch den Knäuel, und Zenobi, der immer noch auf dem Stuhl stand, in der Hoffnung, mit einer lustigen Wendung den Zwischenfall zu beenden, war bald von Polizei und Ordnern eingekreist, und der Kommissar verlangte mit erregter Stimme, sein Notizbuch in der Luft schwingend, daß er Name, Stand und Domizil angebe. Zenobi war um einen Namen nicht verlegen, doch die Ordnung war damit nicht zufrieden. Ausweis! herrschte sie. Einen Ausweis habe er freilich nicht bei sich... Darauf höhnisches Lachen des Hüters, lange Gesichter der Genossen Ordner... Ob der Name oder die Person den Ordnern bekannt sei... Nein, sie wüßten nicht. Das sei allerdings sehr bedauerlich. Zwischen der Parteileitung und der Polizei hatte man, um Unzuträglichkeiten zu vermei-

den, vereinbart, daß jeder Redner einen abgestempelten Ausweis mit sich führe. Da könne man nichts machen... Zenobi müsse mit aufs Kommissariat. Einige Heißsporne, die es empörend fanden, daß das Volk an seinem Feiertage solche Schmach sich bieten lassen mußte, waren bald zur Ruhe gebracht, Mißtrauische, welche die Ordner unterstützten, riefen laut: Provokateur!
Zenobi war der Spaß verdorben. Er fühlte sich plötzlich so allein, daß es ihn fröstelte. Doch in stolzer Haltung betrat er die in der Nähe gelegene Polizeiwache. Hätte er es vermocht, mit dem subalternen dort Amtierenden, der wahrscheinlich aus der gleichen Laufbahn kam, die er bald verlassen sollte, in der intimen Sprache zu reden, die mit einem Zwinkern aus den Augenwinkeln sich über die gegenseitige Unverletzlichkeit verständigt, so würde man die gräßliche Tatsache, daß ein Angehöriger der bewaffneten Macht bei der Maifeier der Roten Reden schwang, als einen Hauptspaß hingestellt, belacht und darüber zum Schluß vielleicht ein kameradschaftliches Glas geleert haben. Aber Zenobi war jetzt ganz Opposition gegen die Gewalt, die ihm angetan, Opfer und Repräsentant des beleidigten Volks, von Verachtung geschwellt. Zu dem Protokoll, das nun seinen wirklichen Namen und Stand enthielt, verlangte er hoheitsvoll den Zusatz, daß er, Mann aus dem Volke, energisch Protest erhebe

gegen die Verletzung der gewährleisteten Redefreiheit. Der Diensthabende war fassungslos. «Mensch!» brüllte er fast. «Sind sie bei Trost! Wollen Sie sich mit Absicht ins Unglück stürzen! Hat man so was gehört!... Ein feiner Mann wie Sie, der Aussichten auf den Rechnungsoffizier hat... Herrgott! Sagen Sie doch wenigstens, Sie haben eins über den Durst getrunken, bei dieser Hitze! Wir werden es dann schon richten...»

Doch Zenobi, dem die schmutzige Polizeistube und der schwitzende Mann mit den blauen Glotzaugen plötzlich heftigen Widerwillen einflößten, erklärte, so unwürdige Zumutungen ablehnen zu müssen und bestand auf dem Seinen. Darauf wurde der Beamte eiskalt, murmelte beim Schreiben wütend etwas von ‹Elementen› und ‹Widerstand gegen die Behörde›, und hieß Zenobi barsch warten, bis er seine Instruktionen eingeholt habe. Nach einer Stunde war er entlassen. Die Angelegenheit nahm ihren amtlichen Fortgang.

Zenobi wurde zunächst vom Dienst ‹suspendiert› und erhielt den Befehl, sich zur Verfügung des Militärgerichts zu halten, von dem eine Untersuchung eingeleitet wurde. Doch während das Verfahren gegen ihn monatelang ‹schwebte›, und Akten sich häuften, war er bereits dem Kreis seiner früheren Tätigkeit so weit entrückt, daß die Resolution seiner Verabschiedung einen fast fremden Mann erreichte, der sich an den strammen Militärbeamten, den er einst dargestellt hatte, kaum noch erinnern konnte. Er versuchte es gar nicht, seinen Beruf vor der Militärzeit wieder aufzunehmen, aber er machte sich auch um einen neuen nicht allzu viele Sorgen. Er wußte bereits: in der Stadt arbeitete man nicht zu seinem Vergnügen, und die Unternehmer berechneten genau, wofür sie zahlten. Sie erlaubten nicht, daß einer, der seine ganze Notdurft bei ihnen verdiente, auch nur das geringste darüber an Zeit der Freiheit zu eignem Nutzen für sich behielt. Denn das betrachteten sie als einen Raub an ihrem Verdienst, auf dem die Wohlfahrt der Welt beruht. Er hatte in der Stadt etwas gelernt: nur dort, wo die Menschen nicht rechneten, konnte man gelegentlich durchschlüpfen. Dafür aber mußte man mit Erniedrigung bezahlen. Nichts war umsonst. Er aber war nicht gesonnen, für eine kümmerliche Existenz mit sich selbst zu bezahlen. Man mußte zusehen, wie man da durchkam... Er fühlte in sich Eigenschaften und Fertigkeiten, die auf dem Arbeitsmarkt vielleicht nicht viel wert waren, doch sollten sie ihm helfen, sein Leben, wie er es liebte, zu behaupten. Wenn er sich im Spiegel betrachtete, fand er, daß ein Mann, wie er ihn da vor sich sah, in der Welt zu etwas anderem da war, als sich in täglicher Mühsal zu verbrauchen. Er hatte großen Respekt vor sich selbst, den er wahren mußte, wie er ihn übrigens vor anderen würdigen und repräsentativen Personen natürlicherweise empfand... Er suchte und fand ohne Schwierigkeit Gelegenheitsarbeiten, die für kurze Zeit eine größere Anstrengung erforderten, dafür aber besser bezahlt wurden. Bei Ausverkäufen in Warenhäusern, bei Inventurarbeiten, bei Aufnahmen für die Volkszählung, Werbearbeiten für neue Unternehmungen, die sich rasch und großzügig beim Publikum einführen wollten. Seine Erscheinung, die heitere und umgängliche Art mit Menschen, ein gewisser Schwung, der von ihm ausging und sich seinen Mitarbeitern mitteilte, machte ihn für dergleichen besonders geschickt und erfolgreich, so daß er vorübergehend in bevorzugte Stellungen kam. Dieser Rhythmus von Arbeit und Muße war ihm gemäß. Er vermehrte nun noch um eine die Tausende von Existenzen, die mit den harten Bedingungen der Großstadt und ihrem Hasard vertraut, wie aus einem großen Wasser ihre Nahrung fischen. Nur, daß er es ohne Gier tat und ohne Verdrossenheit, da er sich für Tage der Arbeit oder erfindungsreichen Kombinationen mit Taten freien schönen Lebens entschädigen durfte. Mußte er dabei zuweilen auch einen Ring, ein Stück der sorgfältig geschonten Garderobe für eine Zeitlang ins Leihhaus tragen, so war ihm dringende Not schon deshalb fern, weil die Menschen, unter denen er jetzt lebte, in ihrer sorglosen und erfahrenen Halbarmut ebenso leichtlebig wie hilfsbereit waren.

Es war ein altes, von außen unansehnliches, innen recht geräumiges und bequemes Haus, in einer langen volks- und gartenreichen Vorstadtstraße, die sich mit ihren Hunderten von Nummern und diesen wieder angehängten Buchstaben, die manchmal bis zum «K» gingen, weit und krumm bis an den Fuß der waldigen Hügel des Südwestens hinzog, wo die Villenkolonie der Reichen begann. Es gehörte der Frau Elisabeth Amalie Henriette Mager, die es mit ihren vier Töchtern und einer wechselnden Anzahl von Pensionären bis hinauf zu den verschnörkelten eiförmigen Luken der Mansarden füllte. Ihr Mann, der Zeit seines Lebens bei zweifelhaften Unternehmungen beteiligt, nach vielen Fehlschlägen und in vorgerücktem Alter sein Glück in Südamerika gesucht hatte, war dort seit Jahren verschollen. Frau Mager, an Enttäuschungen gewöhnt, aber durchaus nicht verbittert, fühlte sich nach seiner Abreise nicht verlassen, vielmehr zu ihrem eigenen Erstaunen von der Unruhe und Gespanntheit ewiger Glückserwartungen nur angenehm befreit. Und sie verlor keinen Augenblick an neue Hoffnungen auf diese abenteuerliche Fahrt. Sie nahm mit heiterem Herzen und gutem Verstande, den sie gegen die verkehrten Ambitionen ihres Ludwigs nie zur Geltung bringen konnte, ihre Angelegenheiten selbst in die Hand und fand das Leben dabei ganz erträglich. Sie war gern unter Menschen, und ein schüchterner Humor für ihre Torheiten hinderte sie nicht, aufrichtigen Anteil an ihnen zu nehmen. Ihre Töchter hatte sie tüchtig erzogen, doch dressierte sie sie weder auf die Männer, noch glaubte sie, ihr Schicksal lenken zu können. Sie liebte es, wenn es um sie heiter war; die Familie, die einen großen Bekanntenkreis hatte, versäumte ungern einen Polterabend, ein Tanzvergnügen oder eine Geburtstagsfeier. Sie vernachlässigte aber dabei nicht ihre Arbeit, wenn man sich auch Anstrengungen nicht gern zumutete. Man hatte Ganz- und Halbpensionäre und nur ‹möblierte Herren›, Gymnasiasten, Studenten und ältere Junggesellen. Mit den kleineren befaßte sich die tüchtige und resolute Rosa, blond und locker in ihren Bewegungen und nie um eine Auskunft verlegen, wenn es Schwierigkeiten gab; die hochbusige und stattliche Regine, geschickte und geschmackvolle Modistin, vertrat als Älteste die Hausfrau, Annie lernte Singen und war halbtags beschäftigt, und Fanny, die Jüngste, besuchte das Lehrerinnen-Seminar. Alle, von der Mutter angefangen, tranken gern Kaffee und waren sehr musikalisch. Man kümmerte sich nicht viel umeinander und bildete doch mit den Hausgenossen eine Art zusammenhängender Familie. Wer besondere Ansprüche machte und nicht hineinpaßte, ging bald fort. Es kam nicht darauf an, daß ein Zimmer oder ein Platz am Tisch leer blieb. Man gab, was man hatte, einmal reichlich, einmal kärger. Man präsentierte dafür auch keine regelmäßigen Rechnungen am Monatsende, sondern wartete, bis einer kam und mit Regine und ihrem langen Hausbuch sich auseinander rechnete.

Hier hatte Zenobi in einem hübschen, nach dem hinteren Garten gelegenen Zimmer Unterkunft gefunden. Er wurde halb scherzhaft der «Herr Baron» genannt und war bei allen sehr beliebt. Das Haus und seine Bewohner waren ein Bestandteil der volkreichen Straße, die Straße ein gewachsenes Organ bewegten Volkslebens. Sorglose Armut, verschämte Armut, Kleinhändler, Handwerker mit einem Rest Gediegenheit, hie und da bereits eindringendes Proletariat bevölkerten sie bunt. Privatgelehrte mit schmaler Rente, auf sich selbst gestellte Studenten, welche spät nachts unter grünem Lampenschirm ihre hochfliegenden Gedanken nährten, Existenzen, die, bereits abgestürzt, in der halben Ländlichkeit der Vorstadt ihre Zuflucht suchten, andere, die von hier aus ihren Flug zu nehmen sich anschickten, hafteten da noch auf einem Boden, den die steineren Schluchten der Stadt noch nicht erreicht hatten und den eine Krume gemeinsamer Menschlichkeit bedeckte. In das Haus, das billige Gastfreundschaft gewährte, kam mancherlei Besuch. Am Abend saß man in dem großen, niedrigen Erdgeschoßzimmer, Frau Mager mit ihrem runden, noch hübschen Gesicht und den grauen, wohlwollenden Augen vor ihrer erkalteten Kaffeetasse, immer nach Neuigkeiten begierig, aber auch mit echter Teilnahme die Ereignisse in ihrem nahen und fernen Bekanntenkreise besprechend. Oft kam einer, der sich in einem schwierigen Prozeß befand, dessen Chancen erörtert wurden. Ein anderer suchte einen Käufer für ein Objekt; ein junger Erfinder erklärte seine komplizierten Zeichnungen und man beriet, wie man die Mittel zur Herstellung eines Modells beschaffe; angehende Künstler erzählten von ihren ersten Erfolgen oder dem Mißgeschick, das ihnen zugestoßen. Aber auch Unglück und Leid der Armen drangen hierher, wo man Rat und Unterstützung erhoffte und manchmal fand. Kinder, die plötzlich verwaist waren, von ihren Männern verlassene Frauen, Leute, die ihre Beschäftigung verloren hatten, waren der Gegenstand häufiger Hilfsaktionen, die, wenn sie auch nicht immer erfolgreich waren, den Unglücklichen Zuversicht einflößten und ihnen über die ersten Schrecken halfen.

Zenobi fand hier ein neues, weites Feld für seinen Ausdehnungsdrang, das seine Phantasie befriedigte, ohne ihn vom Alltag zu entfernen. Oft boten ihm wirkliche Erfolge eine Genugtuung von einer Art, die er vorher nicht kannte. Hier war seine Flinkheit, sein Aller-Welts-Wissen oft von Nutzen. Er vermittelte Verkäufe, er wußte offene Stellen, er kannte die Anwälte, die für bestimmte Prozesse in Betracht kamen; er sprach bei der Bezirksverwaltung und bei den Steuerbehörden für die Schwachen vor, die ohne Beistand waren; er verfaßte Gesuche für die Vormundschaftsbehörde; er besuchte Mäzene im Interesse aufstrebender Talente und setzte wirksame Anzeigen auf, um Kapitalisten für neue Unternehmungen zu interessieren... Und nicht alle diese Künste, die er entwickelte, waren brotlos. So verwischte sich allmählich die Grenze zwischen Beruf und Rolle. Er war nach einiger Zeit in der Straße und allmählich im ganzen Bezirk bekannt. Den einen war der Baron im Hause Mager eine Art Spitzname, an den man sich gewöhnt hatte, den andern ein merkwürdiger, aber hilfreicher Mann, um den in der Tat ein Geheimnis walten mußte... Denn er war uneigennützig. Da er es sich nicht nehmen ließ, bei feierlichen Anlässen des Bezirks im hohen Hut und schwarzen Rock, meist in Begleitung der schönen und eleganten Regine zu erscheinen, meinten die Klugen, es wäre vielleicht sein Ehrgeiz, mit der Zeit für irgendein Ehrenamt zu kandidieren. Aber über die Äußerungen, die er einem der einflußreichen Parteimänner gegenüber in einer Unterhaltung getan haben sollte, mußten sie die Köpfe schütteln. Er habe phantastische Projekte entwickelt, erzählte man, die erst den Eindruck machten, als wolle er sich an die Spitze eines großen gemeinnützigen Kreditunternehmens setzen. Aber schließlich stellte es sich heraus, daß es dabei nichts zu verdienen gab. Er habe von einer ausgedehnten Rechtshilfeorganisation gesprochen, die aber überparteilich sein sollte. Er habe die Mängel der Krankenversicherung aufgezeigt und bewiesen, wie die Verwaltungskosten jede ausreichende Hilfe für die Betroffenen aussichtslos machen... Nein, das war kein Mann für die Parteien... Und ehrgeizig schien er übrigens auch nicht zu sein. So bildete sich eine Art Legende um ihn, die verschiedene Bestandteile enthielt. Die einen erzählten, er sei ein wirklicher Adliger, der infolge eines schweren Konfliktes in der Familie, einer Ehegeschichte, Namen und Titel abgelegt habe, die anderen wollten wissen – und damit begründete man sein lebhaftes Interesse für Gericht und Behörden – daß er, früher ein bekannter und hochbezahlter Anwalt, einem Klienten, den er nicht retten konnte und der zu einer langjährigen Zuchthausstrafe verurteilt worden war, auf dessen dringende Bitte, Gift ins Gefängnis geschafft; daß er deshalb verurteilt und aus seinem Stand verstoßen, sich in dieses Viertel unter einem angenommenen Namen zurückgezogen habe. Aus beiden Kombinationen ergab sich, noch interessanter, ein adliger Richter, dem die Geschichte mit dem Gift passiert sein sollte. Dem widersprachen freilich Züge und Äußerungen überschwenglicher, ja kindlicher Art, wie man sie bei einem Manne von seiner Erscheinung und seinem Alter recht auffällig fand. Seine Musikbegeisterung kannte keine Grenzen und nichts schien ihn so zu bewegen, als wenn am Abend die Töchter des Hauses sangen oder spielten. Er konnte sich kaum enthalten, mit einer tiefen Stimme mitzusummen, pathetische Arm- und Handbewegungen zu machen und vor Ergriffenheit lange zu schweigen. Ja, manchmal konnte man ihn mit Kindern von der Straße an der Hand, einer vorbeiziehenden Musikbande im Takt folgen sehen. Dabei grüßte er Vorübergehende und Bekannte gravitätisch, winkte ihnen zu, als wollte er sie auffordern, an dem kindischen Vergnügen teilzunehmen. Er saß auch oft nach Feierabend mit Handwerkern, Arbeitern und allerhand Volk beisammen, erörterte bei einem Glase mit ihnen ihre Angelegenheiten, gab Schnurrpfeifereien zum besten und konnte in einem plötzlichen Ausbruch die Hand eines Nachbarn ergreifen und rufen: «Ich liebe dich, Bruder, du sollst sehen, dir will ich helfen!»

Von den Bewohnern des Hauses nächst Zenobi der ständigste und einer, der sich ihm am meisten anschloß, war der Student Meerengel. Seit seinem ersten Semester, als er in der Vorstadt herumstreifend in wohlgefälliger, kennerischer Betrachtung vor dem Hause stehen geblieben war, und dann auf seine mit düsterer Majestät vorgebrachte Frage, ob man geneigt sei, einen Wohnraum hier abzugeben, zustimmende Antwort erhielt, hatte er sich im Hause zum Teil mit eigenen Möbeln eingerichtet und gehörte dazu. Es waren seitdem viele Semester vergangen. Meerengel hatte mancherlei Examina bestanden und war auch bereits mit dem Titel versehen, der anderen Abschluß und Krönung ihrer Lehrzeit bedeutet. Doch ihm, der ängstlich jeden Beruf als eine Veränderung seiner bequemen Lebensweise scheute, war es nicht darum zu tun, seine Einsichten, wie er es nannte, für irgendwelche Zwecke zu verwerten. Er hatte keine Eltern; den sehr alten Großeltern, reichen Gutsbesitzern im Mährischen, blieb er durch Zeit und Wachstum unverändert ein zärtlich umworbenes Enkelkind, dessen Dasein allein ihre Sorge lohnte. Er war fromm und gelehrt. Wenn es Semmeln gibt, muß es folgerichtigerweise einen Bäcker geben, – damit war für ihn der Beweis für das Dasein Gottes erbracht. Im übrigen, meinte er, könne es unter anständigen Menschen keine Diskussion über solche Dinge geben. Er tat nicht gern das, was andere taten. Ohne Absicht und mehr aus einer tiefen Zerstreutheit seines Wesens war in seinem Leben und in seiner Handlungsweise mancher Zug, der ihn sonderbar erscheinen ließ. So gehörte er als Katholik keiner schlagenden Verbindung an, doch focht er unter schweren Bedingungen ein Pistolenduell aus, weil ein Kollege vom heiligen Thomas von Aquino in Ausdrücken gesprochen hatte, die ihn beleidigend dünkten. Der juristischen Fakultät zugehörig, befaßte er sich mit ethnologischen und historischen Studien und blieb lange Zeit von einem Gegenstand gefesselt, der seinem Gebiete ganz fern lag. Eines Tages brachte er dem Dekan der juristischen Fakultät vertrauensvoll eine gelehrte Arbeit über die Kultur der Irokesen und konnte sich über das Erstaunen des Professors nicht genug wundern. Der Gelehrte glaubte, ihn darauf aufmerksam machen zu müssen, daß er mit ihm eine Studie über die Rechtsnachfolge in Byzanz ausgemacht habe. Meerengel lächelte verbindlich: Ja, er erinnere sich jetzt... Indessen habe er doch soviel Zeit verloren, meinte der Professor. Zeit, erwiderte Meerengel würdevoll, Zeit könne man nicht verlieren... Bei seiner Jugend bereits von einer gewissen Körperfülle, die er seiner Neigung zur Bequemlichkeit dankte, hatte er ein höfliches, etwas zeremonielles Betragen und achtete auch bei anderen auf gute Umgangsformen. Er war im Hause nur Mieter. Die beiden Zimmer, die er nach seinem etwas bizarren Geschmack einrichtete, blieben zu seiner Verfügung, auch wenn er monatelang abwesend war. Seinen Tafelansprüchen hätte das hier Gebotene nicht genügt, denn er verstand sich auf gute Küche und konnte eine Anzahl feiner Speisen, die er je nach der Zusammensetzung als ein kleines Diner oder ein kleines Souper bezeichnete, selbst zubereiten; wobei er hemdärmelig und in einer langen weißen Schürze sachkundig und pedantisch mit Pfannen und Kasserollen in der Küche hantierte. Er verachtete aber durchaus nicht, zuweilen am gemeinsamen Tisch zu essen, aus Zerstreutheit, wenn er sitzen blieb, oder auch, weil er ein Gespräch fortsetzen oder mitanhören wollte. Er lud dafür auch gern den einen oder anderen Hausgenossen zu einem selbstbereiteten kleinen Diner oder Souper auf seinem Zimmer ein, wobei er den heiteren, liebenswürdigen Wirt und zugleich seinen eigenen zeremoniellen Haushofmeister machte. Am häufigsten war Zenobi sein Gast. Meerengel suchte seine Gesellschaft so oft er es nur konnte und behandelte ihn mit besonderer Auszeichnung. Er ist ein wahrhaft vornehmer Mann, sagte er mit dem ihm eigenen melancholischen Ernst. In der Unterhaltung mit Zenobi konnte man bemerken, wie sich sein Wesen plötzlich veränderte und seine Gehaltenheit zuweilen im schroffsten Übergang einer kindlichen, ja kindischen Heiterkeit wich, die sich bis zu wahren Ausbrüchen des Lachens steigern konnte.

Im Hause wohnte damals auch ein russischer oder polnischer Emigrant mit einem unaussprechlichen Namen, ein stiller, aber ruheloser Mann, der nächtelang an irgendwelchen Manuskripten schrieb, von denen man nie etwas hörte, der sehr höflich war, aber auf interessierte Fragen nur kurz und sehr bestimmt antwortete. Auch er fand sich zuweilen zu den abendlichen Zusammenkünften ein, saß meist schweigend da. Man konnte den klugen Augen hinter der scharfen Brille ansehen, daß er hier eine Stunde der Ruhe und des Behagens genoß, soweit seine Natur eines solchen passiven Zustandes überhaupt fähig sein mochte. Auch er schien nur Zenobis wegen zu kommen. Er zeigte für ihn eine Art Neugier oder Teilnahme, wie sie ein Naturforscher für jene Studienobjekte hat, die einen Grenzfall in seiner Wissenschaft bedeuten und an denen er gewisse Theorien erhärten oder gezwungen sein kann zu revidieren.

Eines Abends sprach man von dem Fall eines kleinen Bauunternehmers in der Straße, der, weil er angeblich Zeugen zum Meineid verleitet hatte, zu zwei Jahren schweren Kerkers verurteilt worden war. Es war eine verzwickte und traurige Geschichte. Die Leute sagten, er habe sich aus Überempfindlichkeit, aus Wichtigtuerei selbst ins Unglück gebracht und seine Existenz ruiniert. Es hatte damit begonnen, daß er wegen einer Übertretung von der Polizei eine Strafe erhielt. Da er überzeugt war, es sei zu Unrecht geschehen, strengte er einen Prozeß an. In diesem wollte er beweisen, daß die Angaben des Polizisten, die seine Bestrafung herbeigeführt haben, nicht der Wahrheit entsprachen, und brachte dafür Zeugen bei, welche den Sachverhalt, wie er ihn darstellte, bestätigten. Darauf veranlaßte die Behörde den Schutzmann, eine Verleumdungsklage gegen ihn einzubringen; bei der Verhandlung nahm der Polizist die Anzeige, die er gemacht, und die Tatsachen, auf denen sie beruhte, auf seinen Diensteid, und der Bauunternehmer wurde verurteilt. Er legte Berufung ein und führte jenen anderen Prozeß gegen die Polizei weiter. Indessen wurde aufgrund dieses Urteils eine Untersuchung gegen ihn eingeleitet. Den Zeugen, die für ihn ausgesagt hatten, traten andere gegenüber, welche die Aussagen des Schutzmannes bestätigten; einer von seinen Zeugen, ob eingeschüchtert oder durch die Bestimmtheit der Gegenbehauptung, welche die Autorität der Behörde für sich hatte, unsicher gemacht, wollte sich bei der Gegenüberstellung nicht mehr genau an alles erinnern. Der von seinem Verteidiger beantragten Vertagung wurde zwar stattgegeben, doch bei der neuerlichen Verhandlung war alles bereits so verfilzt und dämonisiert, daß dem in seinem Recht gekränkten, gehetzten und durch den Prozeß nahe an den Ruin gebrachten Mann, den man zu meiden angefangen hatte, auch die letzten Stützen zusammenbrachen: Von den ihm günstigen Zeugen fehlten jetzt schon zwei, die anderen wurden gegenüber der geschlossenen Phalanx der Behörde als unglaubwürdig hingestellt, und da der noch um seine Wahrheit und seine Reputation verzweifelt Kämpfende sich zu Ausbrüchen des Hasses und zu Drohungen hinreißen ließ, verscherzte er alle Sympathien des Gerichts und erschien als rabiater Querulant. Er wurde besonders hart verurteilt und auch gleich in Haft genommen.

Zenobi, den diese Angelegenheit sehr beschäftigte, hatte es sich in den Kopf gesetzt, dem Verurteilten zu seinem Recht zu verhelfen. Er rief:

«Ich kenne den Mann und bin von seiner Unschuld überzeugt... Wenn nichts hilft, gehe ich damit bis zum Kaiser!» Die altkluge Fanny, die sich trotz ihrer achtzehn Jahre über mancherlei Dinge ihre eignen Gedanken machte, sagte niedergeschlagen:

«Merkwürdig, daß das meiste Unglück der armen Leute entweder mit der Polizei anfängt oder

zu ihr hinführt... Auch das Unglück hat bei ihnen ein anderes Gesicht als bei den Reichen!»
«So ist es wahrhaftig!» bestätigte Zenobi. «Und mir ist noch etwas aufgefallen... Jene da oben denken nicht einmal richtig, haben von allem verkehrte Vorstellungen, aber sie handeln richtig... das heißt, nicht richtig, sondern nützlich, für sich nützlich... Die Armen dagegen denken und wissen meistens schon das Richtige, aber sie tun das Falsche...»
Annie und Rosa sahen sich an. Annie kicherte:
«Verstehe ich nicht... Was muß ein kleiner Mann sich auf so etwas einlassen!» sagte sie wegwerfend.
Frau Mager klirrte mahnend mit dem Löffel an ihre Tasse.
Da mischte sich der Russe ins Gespräch und sagte, während eine leichte Röte über sein faltiges Gesicht flog:
«Eben, eben... Man muß auch den Zusammenhang sehen. Weil jene das Richtige tun, ist das, was die Armen unternehmen, meist ganz falsch. Verstehen Sie... Es ist kein Platz für ihr Richtiges.»
Zenobi erzählte von seinem Besuch bei einem bekannten Anwalt, den er zu überreden versuchte, sich dieser Sache anzunehmen. Unheilbare Geschichte, hatte dieser erklärt. Nichts zu machen. Der Mann habe nichts getan, das glaube er. Er sei

nur unvorsichtigerweise in das Getriebe der Justizmaschine geraten. Ein sehr undankbarer Fall... Ja, aber es ist ihm doch Unrecht geschehen! – Darauf habe der witzige Mann gemeint: Bloß Recht haben, das ist zu wenig, man muß auch wer sein, um Recht zu behalten.
Der Russe nickte verständnisvoll.
«Und dann», fuhr Zenobi fort, «habe ich den großen Volkstribun Meißner aufgesucht... Ein Mann wie ein Stier und sehr gutmütig... Ja, das sei nichts Neues. Er kenne viele solche Fälle, aber mit dem da sei gar nichts anzufangen. Dergleichen interessiere keinen Zeitungsleser!... Ich fragte, ob das Büro für Rechtshilfe nicht dazu da sei... oder wozu sonst eigentlich?... Da lachte der Riese... Er würde mir dankbar sein, wenn ich eine der großen Kanonen bewegen wollte, für die Rechtshilfe unentgeltlich zu arbeiten... Sie hätten genug zu tun... Er kann nur raten, den Mann seine Zeit absitzen zu lassen. Es sei ja keine Ewigkeit!... Denn bis auf dem Schneckenwege, den solche Sachen gewöhnlich kriechen, auch nur etwas erreicht werde, sind die zwei Jahre längst um.»
Meerengel meinte, man sollte die höhere Geistlichkeit für den Mann interessieren. Den Erzbischof vielleicht... Der Bauunternehmer sei als guter Katholik bekannt. Man überlegte, nannte Namen. Zenobi erhitzte sich immer mehr. Es sei

eine Ehrensache, die alle angehe... Er denke an ein selbstverfaßtes Gesuch an den Justizminister, unter das eine stattliche Anzahl von Unterschriften gesammelt werden sollte.

«Sie werden sich bei dieser Affäre den Kopf einrennen!» sagte der Russe einige Tage später, als er Zenobi allein fand. «Und es wird Ihnen nur recht geschehen...»

Er fing von selbst an, und es war ihm dabei anzusehen, wie anhaltend ihn das letzte Gespräch beschäftigte.

«Alle diese guten Menschen», fuhr er fort, «welche die Welt für eine friedliche Lämmerweide halten, wie sind sie komisch und schädlich!... Sie haben keine Ahnung von der Gewalt des Bösen, dem man nur mit Bösem begegnen kann. Und auch Sie, Baron, mit Ihren charmanten Eigenschaften, hätten in einer anderen Zeit geboren werden sollen... Denn wer heute das Richtige will, muß sehr hart, sehr entschlossen und mit doppelter Bosheit gewappnet ganz tief hinabsteigen, um seine Bundesgenossen zu suchen...»

Zenobi, der ihn noch nie so lange hatte sprechen hören, sah ihn neugierig und etwas betroffen an.

«Um was zu tun?» fragte er.

«Um neue Ordnung zu schaffen!» rief jener aus. «Das kann man nur mit wirklichen Menschen. Wenn einer so aus der Welt herausgefallen ist, daß er nur noch in Gottes Hand steht, der allein weiß das Wahre, das brennt und das Böse vernichtet... Ich wundere mich manchmal, woran Sie eigentlich haften...»

«Ich... Mir scheint die Welt ganz in Ordnung. Aber mit den Leuten untereinander, da stimmt es nicht...», sagte Zenobi nachdenklich. «Sie sind sehr klug, Sie verstehen das vielleicht besser als ich...»

Er hielt inne, und als wäre etwas in ihm angerührt, worüber er sich noch niemals Rechenschaft gegeben hatte, suchte er nach Worten und fand sie nicht gleich. Es wurde eine etwas wirre Rede.

«Wie kann man aus der Welt herausfallen?» begann er, indem er an den Ausspruch anknüpfte, der ihn am meisten verwunderte. «Das wäre ja, als sollte ich aus meinem Körper herausfallen... Man kann sein Kleid wechseln, um nur recht viel und auf die verschiedenste Weise in der Welt zu sein... Um nicht immer daran zu denken, daß man der und der ist, der wie eine Spinne in seiner Ecke sitzt und immer nur das Seine spinnt... Die ganze Welt ist ja mein Körper... das heißt, nicht die ganze... aber man möchte es und meint es mit allen aufrichtig und herzlich... Und nicht so, wie es einen freut, etwas für sich zu haben, als der man zufällig ist, sondern wie bei einem großen Fest, das man genießt, weil alle dabei sind... Wie soll man da hinausfallen, wo es so vieles gibt?

Heute hier und morgen woanders... es könnte tausend Jahre dauern. Was kann einem denn geschehen? Es kann einem so wohl dabei sein, daß man auf die verrücktesten Gedanken kommt. Man möchte ein Hund sein und bellen oder ein Tenor und singen... und man kann alles sehr wohl, wenn es auch die anderen nicht hören. Und trifft es sich, daß die anderen es fühlen, so haben sie nur Freude daran und sind noch ein Stück Welt mehr als man hat, und von der man nicht genug haben kann!... Dann ist einem schon geradezu feierlich zumute und so, als wenn man schwebte und fortgetragen würde... Und genau dasselbe ist es, wenn man einem Gutes erweisen will oder ihm helfen. Was macht man denn soviel Wesens davon? Die Welt wird dabei nur immer weiter und weiter...»

Hier verlor der Russe aber die Geduld.

«Es scheint Ihnen jede Fähigkeit abzugehen, irgendeine Sache zu denken, die nicht unmittelbar mit Ihrem Wohlbefinden zusammenhängt», sagte er achselzuckend.

«Und Sie können das?» fragte Zenobi mit aufrichtiger Bewunderung. «Und wozu?»

Da machte der Russe nur eine Bewegung, als wollte er sagen: «Vergebliche Mühe», und ließ ihn stehen.

IX

Ein großer Monarchen-Empfang stand bevor, und Zenobi fühlte das Bedürfnis, wieder einmal die Luft der großen Welt zu atmen. Die Zeitungen waren bereits voll von Ankündigungen der Festlichkeiten und Zeremonien, die zu Ehren des hohen Gastes vorbereitet wurden. Es war das Stimmen der Instrumente, das dem großen Begrüßungskonzert voranging. Äußerungen und Charakterzüge des mächtigen fremden Fürsten füllten die Spalten. Alle Welt schien den König plötzlich genau zu kennen und nannte ihn vertraut beim Vornamen. Tribünen wurden in den Hauptstraßen des Durchzuges gebaut, Illuminationskörper vorbereitet, und die Geschäfte machten das Publikum mit Farben und Flaggen des großen fremden Reiches bekannt. damit es sich rechtzeitig mit den nötigen Stoffen zur Ausschmückung versehe.

Die Angelegenheit des verurteilten Bauunternehmers war indessen nicht weitergekommen. Es hatte sich wohl ein Anwalt gefunden, der die Revision des Prozesses betreiben wollte, aber man hörte nichts von dem Fortgang. Zenobi erbat und erhielt die Erlaubnis, den Verurteilten zu besuchen; er wollte den Unglücklichen trösten und ihm Mut zusprechen. Er fand aber weder einen verzweifelten noch einen gebrochenen Mann, sondern einen stillen Besessenen, der im Gefängnis an nichts als an die Führung seines künftigen Prozesses nach Wiedererlangung der Freiheit zu denken schien. Zenobi erkannte ihn kaum. Die untersetzte Gestalt, um welche die zu weiten Sträflingskleider schlotterten, den bärtigen Kopf unter einer runden grauen Mütze, hing mit beiden Fäusten affenartig am Gitter des Besuchsraums und lächelte ihm, der freundlich nach seinen Bedürfnissen fragte, listig zu. Er habe es gar nicht so schlecht. Die Beamten seien wohlwollend, und so viel Zeit wie hier hätte er wohl nirgends, um mit der nötigen Ruhe an seine Sache zu denken. Zum Beispiel habe er erst jetzt entdeckt, welchen Fehler er beging, daß er auf die Gegenüberstellung des Zeugen Grünberg verzichtet hatte; welche Einwände zu erheben gewesen wären, statt deren, die sein Anwalt vorzubringen für richtig hielt. Oh, ihm sei gar nicht bange. Er werde es schon durchsetzen. Manchmal freilich fühle er sich etwas schwach, und das Atmen werde ihm schwer...

Zenobi war mit einem Gefühl des Schreckens geflohen. Die Sinnlosigkeit dieses von Menschen dem Menschen zugefügten Leids, von dem niemand außerhalb dieser Mauern etwas zu wissen schien, und daß sogar der Betroffene unempfindlich dagegen wurde, quälte ihn... Er atmete mit doppelter Lust die freie Luft ein.

Er saß eine Stunde etwa vor dem anberaumten Empfang des Königs noch auf der Terrasse eines Kaffeehauses in der Stadt, mit Gleichmut die schon lange zu den Einfahrtsstraßen drängenden Menschen betrachtend. Er, der das Geheimnis der großen Schaustellungen kannte, war auch mit allen Anordnungen vertraut, durch welche sie zustande kamen. Er hatte genaue Kenntnis von der Aufstellung der Wagen, der Verteilung der Schutzmannkordons, des Spaliers und der verschiedenen Kennzeichen für die Überwachung. So wußte er, daß die Kutscher der zum Empfang zugelassenen öffentlichen Fuhrwerke ein besonderes Abzeichen trugen und daß sie diesmal, wenn sie einen Eingeladenen fuhren, eine mit blauem Rand versehene Karte im Ärmelaufschlag stecken hatten. Er hatte sorgfältig seine Vorbereitungen getroffen. Als er die Zeit für gekommen hielt, stieg er hinab, fand einen eleganten Zweispänner mit dem Abzeichen, gab dem Kutscher genau an, welche Auffahrt er wählen und vor welchem Eingang er halten solle und fuhr zum Bahnhof.

Er fuhr ungehindert durch alle Absperrungen, reihte sich in den langen Zug der Equipagen ein, die im Schritt dem für die Eingeladenen reservierten Pavillon zustrebten. Aus der dichtgedrängten Menge hinter dem Spalier winkte ihm jemand zu. Er sah Meerengel, der mit dem hohen

Hut ihn ehrerbietig grüßte. Er wartete ruhig, bis sein Wagen das mit Flaggen und Tannenreisig geschmückte Portal errreichte, obgleich er sah, wie manche Würdenträger erregt und hastig schon vorher ihre in der Reihe nur stockend vorankommenden Wagen verließen, und stieg die mit Teppichen belegten Stufen zu den Empfangsräumen hinauf. Den hohen, seidenglänzenden Hut ein klein wenig nach hinten geschoben, den Rock mit den langen Seidenreversen bequem geöffnet, in dessen Knopfloch zwei schmale Bändchen, ein rotes und ein grünes sich mehr bescheiden verbargen als zur Schau getragen wurden, den hellen Paletot nachlässig über den linken Arm geworfen, betrat er den Vorraum und durchschritt den Saal, ohne einen Blick nach rechts oder nach links zu werfen.

Nur sehr unerfahrene Polizeibeamte oder solche, die mit den Allüren hoher Standespersonen nicht vertraut sind, hätten es gewagt, einen Mann von seiner Erscheinung einen Augenblick aufzuhalten oder ihm unerbeten eine Weisung zu geben. Doch die Sicherheitsorgane, die hier ihres Dienstes walteten, waren eine siebenfach gesiebte Elite, die wußte, daß auf einer gewissen Stufe unnötige Formalitäten peinlich bemerkt werden und selbst die taktvollste Anrede üble Laune hervorrufen kann; was man besser vermeidet. Man mußte sich da auf seinen sicheren Blick verlassen.

Vor dem weiten Türbogen, der sich auf den Bahnsteig öffnete und in dem ein höherer Polizeioffizier stand, hob Zenobi zwei Finger der rechten Hand nicht ganz bis an den Rand des Hutes und sagte, den Beamten mit einem flüchtigen Blick streifend, nur: «Englische Botschaft.» Worauf dieser im dienstlichen Ton: «Dritter Bogen rechts!» erwiderte, grüßend zurücktrat und mit einer Verbeugung, gleichsam außerdienstlich, hinzufügte:

«Seine Exzellenz sind bereits eingetroffen!»

Er bemerkte mit Genugtuung, daß der gravitätische Herr nach einem freundlichen «Danke» seinen Schritt in der angegebenen Richtung beschleunigte.

Zenobi kam gerade in dem Augenblick, als aus dem weiter links gelegenen Fürstenzimmer die prunkvolle Gruppe des Hofes, den Thronfolger an der Spitze, wie ein Pfauenschweif sich ausbreitend, auf den Bahnsteig heraustrat und unter schrillem Kommando die Griffe der Ehrenkompagnie erklirrten. Ordonnanzen und Beamte in Gala liefen hochrot vor Eifer in scheinbarer Unordnung der Gruppe voraus und ihr entgegen, während die eben noch schwirrende Unterhaltung der hier Versammelten im raschen Abnehmen verhallte und bald verstummte. Die Wartenden rückten enger aneinander und nahmen Haltung an... Zenobi wußte, daß die vielgerühmte Pünktlichkeit der Hofzüge eine ausgemachte Fabel war, wie vieles andere, das über solche Dinge in der Zeitung stand. Hier waren auch nur Menschen am Werk. Sie mußten bei so gefährlicher Verantwortung vor allem auf die allergrößte Sicherheit bedacht sein, zugleich aber peinlich darauf achten, daß der königliche Wagen an einer genau vorher bestimmten Stelle der Halle zum Stehen komme. Sie konnten beides nur dadurch erreichen, daß sie die Geschwindigkeit so frühzeitig herabsetzten, daß eine gewisse Verzögerung entstand, die man aber deshalb nicht in Rechnung setzen konnte, weil sonst die andere Gefahr heraufbeschworen worden wäre, daß der Zug in die Halle einlief, bevor der Hof, dem man keine Eile zumuten durfte, rechtzeitig und bequem zur Stelle war. Das Halten des Wagens genau an dieser Stelle gelang meistens nicht einmal, so viele Proben oft auch vorangingen. Wer Zenobis Leben ergründen könnte, würde es vielleicht verstehen, warum er sich auch dafür interessierte... Jedenfalls benützte er die für alle so peinigende, unendlich sich dehnende Zeitspanne des Wartens im letzten Augenblick, um den Reihen entlang ungehindert bis fast an den Rand des freigelassenen Raumes ohne Hast vorzudringen. Sehr langsam näherte sich der Hofzug. Man hörte das schwere Schnaufen der Maschine, dann schob sie sich und mit ihr die lange blaue Wagenreihe in die plötzlich verdunkelte und dadurch einen ganz anderen Anblick als vorher darbietende Halle. Zenobi sah die offenbar mißglückte Begrüßung der hohen Herren am Fuße der kleinen Treppe. Die traditionelle Umarmung war dadurch arg behindert, daß der Thronfolger überschlank war und der fremde Herrscher in seinem beträchtlichen Leibesumfang ihm kaum bis zur Schulter reichte. Der erste suchte in seinem Eifer oder aus Zuvorkommenheit es damit auszugleichen, daß er den Gast auf den Stufen festhalten, während der König erst sicheren Boden unter den Füßen gewinnen wollte. Dabei stieß der Schnabel seines Tschakos, den er im Begriff war abzunehmen, gegen den Arm des Prinzen und wäre ihm fast vom Kopf gefallen. Als er endlich unten stand, machte er eine Bewegung, um die Begrüßung auszuführen, doch der Prinz, verlegen, wagte es wohl nicht mehr – so legte denn der alte Herr den Arm um jenes Taille, der andere seinen um den Hals des Königs, standen einen Augenblick so und drückten sich dann verlegen die Hände. Nach den üblichen kurzen Vorstellungen, unter den noch betäubend forthallenden Blechklängen der fremden Nationalhymne, denen man nicht nur die gewaltige Lungenkraft der Ausführenden, sondern auch ihre hochrot aufgeblasenen Backen und hervorquellenden Augen anzuhören meinte, begannen die hohen Herren,

während nun die Trommeln wirbelten, die Ehrenkompagnie abzuschreiten...
Dann näherte sich eine Abordnung, deren Führer den König begrüßte. Als sie zurücktrat, befand sich der Herrscher gerade dem Platz gegenüber, wo Zenobi stand. Der König war einen Augenblick lang seiner Begleitung etwas voraus und machte eine unschlüssige Bewegung. Er wußte offenbar nicht sicher, ob er eine neue Abordnung zu erwarten hatte. In der Tat stand diese an einer etwas entfernten Stelle, und eine Ordonnanz eilte schon, sie herbeizuholen. Diesen Moment benützte Zenobi. Fand er ihn schon bei der Begrüßung ein wenig komisch und rührend, so tat ihm der etwas hilflose alte Herr jetzt geradezu leid...
Er sah in der Nähe wie ein wohlhabender, guter Onkel aus, der aber auch einmal böse werden konnte. Seine Laune schien nicht die beste. Einen Augenblick lang traf der matte Blick des Königs den seinen. Der Raum zwischen ihnen war leer. Da konnte Zenobi nicht widerstehen. Er trat mit einer anmutigen Verbeugung näher und sagte:
«Ich bin glücklich, Sire, Sie nach Ihrer schweren Krankheit im vorigen Jahre wiederhergestellt und bei bester Gesundheit ehrerbietigst wieder begrüßen zu dürfen. Offenbar die Wirkung der Marienbader Kur!»
Der König suchte in seiner Erinnerung, dachte an jemand, der während jenes Kuraufenthaltes in

seiner Umgebung gewesen sein mochte – ein Arzt vielleicht... Der Mann sah sympathisch aus.
«Ich danke Ihnen», erwiderte er freundlich. «In der Tat, die Kur hat mir sehr gut getan.»
«Eure Majestät sollten sich noch schonen», setzte Zenobi ungezwungen fort, «um der großen Segelwoche durch Ihre Teilnahme den alten Glanz wiederzugeben.»
Jetzt dachte der König an einen der Jachtherren, die er in Cowes oder in Nizza traf... Ein sehr liebenswürdiger Mann, in der Tat! ... Sicher, eine Segelfahrt im Kanal wäre komfortabler als diese militärische Strapaze. Nein, Paraden und Uniformen waren nicht nach seinem Geschmack... Heute gar mußte er sich in diese knallrote, zu enge Jacke und in die prallen Hosen einzwängen lassen, die einem Tierbändiger angestanden hätten, nur weil er der Inhaber irgendeines Reiterregiments war, das er nie gesehen hatte. Es war sehr heiß unter dem Glasdach, und der steife Tschako drückte auf Kopf und Stirn, die weiche Filzhüte gewohnt war.
Mit einer leichten Handbewegung wehrte er den sich zu seiner Linken vorbeugenden Erzengel im goldenen Helm ab, der über die programmwidrige Unterbrechung konsterniert auf die wartende Abordnung aufmerksam machen wollte. Es war auch eine kleine Bosheit dabei, wie sie verwöhnte alte Leute zuweilen anwandelt, wenn

man sie stört, auch ein Protest gegen das steifleinene Zeremoniell, wie er es bei sich nannte. Warum sollte er sich nicht einen Augenblick mit diesem netten Mann da unterhalten, den er offenbar kennen mußte... Er trat näher an Zenobi heran und sagte mit einem Anflug von Humor:

«Da Sie, wie ich annehme, kein General sind, darf ich wohl, ohne jemand zu kränken, diese prächtige Kopfbedeckung abnehmen...»

Er nahm den Tschako in die Hand, tupfte sich die Stirn.

«Ja, man hat mir versprochen, das neue Boot bis dahin fertig zu machen. Ich bin begierig auf seine Leistung.»

«Es wird schwer sein, die Alexandra zu übertreffen!» bemerkte Zenobi.

«Schöner Sport hierzulande?» fragte der König und machte ein paar gemächliche Schritte, wie um den gewohnten Gebrauch seiner Beine zu fühlen, Zenobi in gemessenem Abstand ihm zur Seite. Die ganze Suite folgte zögernd.

«Wenig, außer Pferden», erwiderte Zenobi. «Dabei welch herrlicher Strom!... Eure Majestät sollten sich die Fahrt hinunter bis Ensberg nicht entgehen lassen... Vielleicht die schönste Flußlandschaft der Welt!»

«Die Vergnügen, die mir hier vorbehalten sind, werden von anderer Art sein... leider!» sagte der König.

Zenobi suchte nach einer Überleitung.
«Ja», begann er zögernd, «das Land hat politisch allerhand Schwierigkeiten...» In ihm formte sich plötzlich klar eine Rede über die Bürden des Herrscherberufes, die auch den Erwartungen Ausdruck verliehen hätte, welche sich an den hohen Besuch knüpften...
Vielseitiger Mann, dachte der König und blieb stehen. Wenn auch seine Neugier geweckt war, so ging es doch nicht an, sich hier in eine politische Privatunterhaltung einzulassen. Leider. Er bedauerte es fast.
«Nun wollen wir uns aber vom Herrn Hofmarschall nicht ausschimpfen lassen», meinte er gutgelaunt, «daß wir uns eine kleine Erholung gegönnt haben. Es war sehr freundlich von Ihnen, herzukommen», er reichte ihm die Hand, «und ich hoffe, Sie wiederzusehen.»
Zenobi trat in die Suite zurück, die ihm ehrerbietig Platz machte, und schloß sich ihr an. Während des folgenden Cercles tauschten die Diplomaten ihre Vermutungen über den unbekannten Freund des Königs aus, der hier plötzlich aufgetaucht war und sich im übrigen sehr reserviert verhielt. Zenobi aber, wenngleich vom Glanz benommen, dachte jetzt daran, die Lage zu nützen, und kritzelte eilig auf ein Blatt, das er aus seinem Taschenbuch herausgerissen hatte.
Nach der Abfahrt des Hofes näherte er sich dem

Ministerpräsidenten, der auf seinen Wagen wartete, und sagte:
«Exzellenz, darf ich Sie in diesem ungeeigneten Moment stören, um Ihre Aufmerksamkeit auf einen Fall zu lenken, der mich lebhaft interessiert...»
«Zu Ihren Diensten», erwiderte zuvorkommend der geschmeidige Mann, neugierig auf die Eröffnung des aufsehenerregenden Fremden.
«Es handelt sich um einen Unschuldigen», sagte Zenobi rasch.
«Um einen Unschuldigen», wiederholte die Exzellenz, schon merklich herabgestimmt. «Wollen Sie mich gelegentlich unterrichten?»
Der Wagen war vorgefahren.
«Gewiß.» Zenobi verbeugte sich lächelnd. «Indessen nehmen Sie gütigst diese kurzen Daten zur Kenntnis.»
Der Minister nahm den ihm hingehaltenen Zettel und las, während der Wagen sich in Bewegung setzte:
Adalbert Steinwurz, unschuldig verurteilt – das Datum war daneben verzeichnet –, drunter stand noch: sitzt in Döbersdorf.
Wahrlich, im ungeeigneten Moment, dachte er verstimmt und steckte den Zettel in die Westentasche. Sonderbare Manieren, echt englisch... Im Augenblick war Wichtigeres zu bedenken.
Zenobi hatte auf diesen kühnen Zug große Hoff-

nungen gesetzt und war, als er sich einige Zeit darnach im Ministerium erkundigte, verwundert, keinen Bescheid zu erhalten. Dem Zettel nämlich war es recht bewegt ergangen, nachdem er in jenem glanzvollen Moment in den Strom der hohen Politik hineingeraten war.

Nach Wochen, als es einmal wieder eine Ministerkrise gab, kam der Ministerpräsident, der eben dem Kaiser über die Lage Vortrag gehalten hatte, in der gleichen Galauniform in die stürmische Parlamentssitzung. Während er etwas nervös, mit dem Daumen in der Westentasche, einem Redner zuhörte, dem er erwidern sollte, geriet ihm der Zettel unter die Finger. Er überflog ihn stirnrunzelnd, erinnerte sich undeutlich und legte ihn mit einer kurzen Notiz vor sich hin. Nachdem er seine Rede gehalten, überreichte er ihn dem Justizminister, der ihn nach Schluß der Sitzung mit anderen Papieren in seine Mappe steckte. Das Kabinett mußte zurücktreten. Am meisten persönlich von dem Sturz betroffen fühlte sich der ehrgeizige Justizminister, der im mühsamen Aufstieg die Würde des hohen Amtes erklommen hatte und sie schon nach einigen Wochen verlieren mußte. Er am meisten grollte bitter dem Ministerpräsidenten, welcher wußte, daß er bei einer der nächsten Kabinettsbildungen an die Leitung wieder berufen werden würde, und leichten Herzens das Opfer des Rücktritts in diesem Moment bringen konnte, während nach Lage der Dinge eine so günstige Konstellation für ihn selbst aller Wahrscheinlichkeit nach nicht mehr wiederkehren würde. Als er in seinem Arbeitszimmer die Mappe leerte und sich zum letzten Male an seine Akten setzte, fand er den Zettel. «Adalbert Steinwurz, unschuldig verurteilt, ... sitzt in Döbersdorf», las er stirnrunzelnd. Hinter «verurteilt» war mit blauem Stift des Ministerpräsidenten ein großes Fragezeichen und auf der Rückseite die Notiz: Englischer Lord interessiert sich für den Fall; dahinter wieder ein Fragezeichen. Dieser Zettel brachte die ganze angesammelte Wut des Ministers plötzlich zum Ausbruch. Er war in seiner Jugend Lehrer gewesen und dafür gefürchtet, daß er keine noch so einleuchtende Entschuldigung gelten ließ. Und auch jetzt schien es ihm, als wollte ihn ein fauler Schüler mit Ausreden anführen. «Ach was, unschuldig», schrie er, wie um sich Luft zu machen, «niemand ist unschuldig! Bin ich etwa schuldig?...» Er zerriß den Zettel und warf die Fetzen auf den Teppich.

X

Am Abend nach dem Empfang des Königs hatten Zenobi und Meerengel sich in der Stadt getroffen und miteinander eine gehobene und aufgeräumte

Stunde verbracht. Zenobi, noch strahlend im Glanz des Tages, erschien die prächtige Illumination wie die Ausdehnung seines Triumphes in die Nacht und in die Zukunft, während Meerengel in aufrichtiger Bewunderung wie ein Trabant das ausströmende Licht zurückstrahlte. «Es freut mich – versicherte er –, daß der König von einem wahren Repräsentanten unserer Stadt begrüßt worden ist...» Er wurde nicht müde, Zenobi immer wieder nach den kleinsten Umständen der Begegnung und des Gesprächs auszufragen, und es verschlug ihm nichts, daß bei der Wiederholung immer neue Varianten und Erweiterungen zum Vorschein kamen. Er hörte zu wie ein Kind, das sich von den Wendungen eines Märchens, das es schon kennt, immer wieder überraschen lassen will und nur den Wunsch hat, in dieser Freude schwelgerisch zu verharren. Doch als sie ziemlich spät und in ausschweifenden Gesprächen nach Hause zurückkehrten, fanden sie die Familie noch wach und in jener tiefen Niedergeschlagenheit, wie sie einer großen Aufregung folgt. Frau Mager saß noch mit Hut und Umhang, wie sie vor einer Stunde aus der Stadt zurückgekehrt war, zusammengesunken auf einem Stuhl und wehrte schweigend die ratlosen Ausführungen Reginens mit Kopfschütteln ab, Rosa hatte rotgeweinte Augen, und Fanny stierte in einen Brief, den sie auf dem runden Tisch unter der Lampe vor sich liegen hatte. Auf ihre erschrockene Frage erfuhren die Eintretenden, daß Annie verschwunden war. Sie war schon am Nachmittag fortgegangen, angeblich zu einer befreundeten Familie, die sie eingeladen hatte, den Abend mit ihr zu verbringen. Sie wußte, daß Mutter und Schwestern am Abend zur Stadt fuhren, die Illumination zu sehen, und nützte diese Gelegenheit, um ihren offenbar lange vorbereiteten Plan auszuführen. Abends, als sie jene schon fort wußte, war sie ins Haus zurückgekehrt, hatte in aller Ruhe, wie aus der Ordnung in dem mit Fanny gemeinsamen Zimmer zu schließen war, eine Anzahl ihrer Sachen gepackt und in einem Brief, den sie auf dem Tisch liegen ließ, ziemlich kurz und schroff mitgeteilt, sie verreise und werde bald selbst ihren Aufenthalt bekanntgeben. Indessen möge man nur ja nicht versuchen, sie auszuforschen oder ihr Hindernisse in den Weg zu legen, das würde alles nur verschlimmern und sie «ins Unglück stürzen». Sie fühle sich selbständig genug, um für sich einzustehen.

Bei der befreundeten Familie, zu der Fanny im ersten Schreck hingeeilt war, sagte man ihr, die Schwester sei am Nachmittag dagewesen, um sich für den Abend anzusagen, sei aber nicht wiedergekommen.

Die Ankunft Zenobis und Meerengels, der vertrautesten Hausgenossen, erregte durch die Er-

zählung des Vorfalls die erste Verstörtheit der Betroffenen wieder und einen Tränenausbruch der Mutter. Keine Vermutung gab irgendeinen Anhalt, zu erraten, wer Annies Begleiter war und sie zu diesem Schritt bewogen hatte. Denn daß es sich um eine Art Entführung handelte, schien sicher. Fanny glaubte zu wissen, daß die Flüchtige unter einer Chiffre auf der Post zuweilen Briefe empfing, und erinnerte sich auch, daß die Schwester in ihrer kokett-leichtsinnigen Art von der Begegnung mit einem sehr eleganten Herrn gesprochen hatte. Man fand auch nichts in den ausgeräumten Schubladen, das als Spur hätte dienen können, mit Ausnahme eines neuen kleinen Goldstücks, was auffiel und beunruhigend wirkte. Denn man wußte, daß Annie wohl mit Kleingeld nicht haushälterisch war, daß aber eine Münze von diesem Wert auch für sie eine beträchtliche Summe bedeutete. Rosas Vorschlag, trotz der Drohung, die Polizei zu benachrichtigen und sie zu bitten, diskret zu verfahren, fand keine Zustimmung. Frau Mager wollte nichts davon wissen.
«Man soll mir das Kind nicht hetzen», rief sie aus. «Ich werde es nicht ertragen, sie rohen Fragen und Verhören ausgesetzt zu sehen.»
Auch Zenobi meinte, die Polizei, einmal in Bewegung gesetzt, sei ein zu grober Apparat.
Da sagte Meerengel, der sein melancholisches Cäsarenhaupt auf die Brust hatte sinken lassen:

«Sie selbst, Baron, müssen die Sache in die Hand nehmen. Wer wäre denn geeigneter dazu als Sie mit Ihrer Weltkenntnis und Ihrem Takt?»
Frau Mager nickte heftig, und Regine, indem sie eine Hand auf Zenobis Schulter legte, sagte:
«Der Herr Doktor hat recht. Sie werden sicher einen Weg finden!»
Zenobi war tief verstört. Der Vorfall hatte einen Schleier von seiner Seele gerissen. Er hätte Regine, wie sie da über ihn gebeugt stand, unter Tränen umarmen mögen und sie fest an sich drücken. So überkam es ihn... Und geweint hätte er nicht aus Gefühl für Regine, der er von Herzen zugetan war, sondern um Annie, die heitere, mit ihrer hellen Glöckchenstimme, ihrem blitzenden jungen Übermut. War es nicht dieser schwebende Singgeist, der ihn und alles im Hause beschwingte!... Wenn sie sang – und war es auch nur eine Übung –, schien ihm der Tag ein neuer Lebensanfang. Der Wohllaut schwellte das Herz vor Glück... Es war eine Stimme, die geisterhaft seine Zuversicht bestätigte, ihn gegen alles feite... Er hatte auch große Pläne mit Annie; sie wußte es und schien ihm zu vertrauen. Und gerade heute, am Tag seines Triumphes, geschah das Unerwartete. Hatte ein Griff aus dem Dunkel sie ihm, ja ihm entrissen. Er konnte kaum sprechen. Und als hätte er die Erregung der anderen von ihnen abgelöst, sahen sie seine Bewegung, ehrten sie und

schienen beruhigt Zuversicht zu fassen. Meerengel drückte ihm schweigend die Hand. Nur Fanny dachte sich ihr Teil. Sie kannte die Verschlagenheit der Schwester und ihre stille Entschlossenheit.

Tags darauf hatte Zenobi seinen Plan gefaßt und ging ans Werk. Seine Erregung wandelte sich in den Spürsinn und die Entschlossenheit des Jägers, der ein kostbares und seltenes Wild jagt. Er nahm die Leitung in die Hand und verteilte die Posten. Fanny sollte unter den Mädchen in der Nachbarschaft unauffällig zu erfahren suchen, ob Annie in Begleitung gesehen worden sei oder irgendeine Äußerung getan habe, die als Anhalt dienen könnte. Auf neugierige Fragen sollte es heißen, Annie werde sich jetzt ganz ihren Gesangsstudien widmen und sei zu Professor Weiner nach Absdorf. Auch Meerengel erhielt eine Mission. Er sollte sich um die Schlußstunde vor das Geschäft begeben, in welchem Annie ihre Halbtagsarbeit hatte, sich einem der jungen Mädchen nähern und versuchen, eine Bekanntschaft anzuknüpfen. Meerengel war einen Augenblick perplex, sammelte sich langsam und meinte bedächtig:

«Wenn ich dabei abblitze, brauche ich das nicht als persönliche Kränkung aufzufassen, nicht wahr?»

«Gewiß nicht», sagte Zenobi. «Es wird Ihnen aber nicht schwerfallen. Sie müssen dabei nur behutsam zu Werke gehen und sich Ihr wahres Interesse nicht anmerken lassen... Mehr brauche ich Ihnen nicht zu sagen.»

Er war ganz Detektiv und erteilte gemessen seine Aufträge. Meerengel verbeugte sich wie ein Beamter. Zenobi selbst begab sich in das Konservatorium, in dem Annie studierte, und ließ sich beim Direktor als der Leiter einer der größeren Bühnen im Reich anmelden. Er versäumte es nie, setzte er dem durch den Besuch Geschmeichelten auseinander, wenn er nach der Residenz komme und seine Zeit es erlaube, sich in den bewährten Instituten ein wenig nach dem künstlerischen Nachwuchs umzusehen; er habe schon in manchen unscheinbaren Anfängern die künftige Größe vorgeahnt...

Ob er etwas Bestimmtes im Auge habe, fragte der Direktor.

«Ja», sagte Zenobi; «es ist mit der Zeit Aussicht für eine entwicklungsfähige Sopranistin im jugendlich dramatischen Fach. Sie müßte aber auch Koloraturpartien singen.»

Der Direktor blätterte, während er liebenswürdig das Gespräch fortsetzte, in seinem Verzeichnis. Es seien drei, die in Betracht kämen, meinte er, und er wolle sich erkundigen, wann man sie hören könne. Zenobi sagte, er habe gerade Zeit und wolle warten, wenn es sich jetzt arrangieren ließe... Indessen betrachtete er angelegentlich die

Photographien, die in großer Anzahl an den Wänden hingen. Darunter entdeckte er bald ein Bild von Annie als Cherubin, in welcher Rolle sie bei den letzten Schulaufführungen aufgetreten war, und das er übrigens kannte, da es auf Frau Magers kleinem Sekretär stand. Er blieb wie zufällig davor stehen, setzte sein Augenglas auf und sagte:

«Sehr reizvolle Bühnenerscheinung! Versteht ein Kostüm zu tragen... Begabt?»

«Sehr», antwortete eifrig der Direktor. Er wurde auf einmal lebhafter. «Sie haben Blick! Es ist ein Fräulein Mager. Schöne, entfaltungsfähige Stimme. Sehr musikalisch. Aber noch in der Entwicklung begriffen.»

Zenobi klopfte mit dem Mittelfinger auf das Bild.

«Trotzdem, verehrter Herr Direktor... Trotzdem! Würde mich sehr interessieren...»

Der etwas korpulente Herr mit dem schütteren Musikerhaarkranz um den runden, in der Mitte kahlen Schädel lächelte verständnisvoll und nahm den Hörer vom Telephonapparat.

«Wollen sehen, wollen sehen... Einen Augenblick!»

Nach einigen Minuten betrat etwas atemlos und sichtbar erregt eine untersetzte Dame unbestimmten Alters in einem rauschenden schwarzen Taftkleid und einem Federhut das Zimmer,

nickte flüchtig auf Zenobis Gruß und schritt mit ausgebreiteten Armen auf den an seinem Schreibtisch lehnenden Direktor zu.
«Wie unangenehm, lieber Freund», rief sie mit dem Affekt der älteren Bühnenkünstlerin, «welches Pech! Vor einer Stunde ist mir dieser Brief von Fräulein Mager übergeben worden... Welcher Eigensinn! Ich habe es ihr bis jetzt immer noch ausgeredet. Sie schreibt sehr lieb, bedankt sich für alle Förderung, na und so weiter... Aber sie wolle jetzt versuchen, sich auf eigene Füße zu stellen... Zu früh, meine ich, viel zu früh, nicht wahr, lieber Freund?... Ah, sehr angenehm. Ja, bei mir hat sie studiert! Ja, reizendes Wesen, sehr musikalisch, temperamentvoll, aber unberechenbar... Wohin sie geht?» Sie kramte in ihrer Tasche, fand den Brief. «Da steht nichts drin... Sie verlasse die Stadt, sonst nichts!»
Der Direktor nahm ihr den Brief aus der Hand und wandte sich zum Fenster, wo er mit herabhängenden Armen stehen blieb.
Zenobi war bereit, zwei andere Damen aus der Klasse der Meisterin zu hören, was diese sehr schmeichelhaft fand. Er wählte die Gesangsstükke, die er zu hören wünschte, so, daß es eine schmerzliche Feier für ihn wurde. Er vergaß darüber fast, was ihn hergeführt hatte... Die jungen Künstlerinnen gaben sich Mühe, sangen brillant und wurden vorgemerkt. Es entging ihm nicht,

daß der Vorfall auch auf den Leiter der Schule einen tiefen Eindruck machte, und er hatte seine eigenen Gedanken darüber.

Bevor er das Haus verließ, trat er in die Portierloge, um dem alten, gebrechlichen Mann, der ihn angemeldet hatte und auch beim Vorsingen in Bewegung gesetzt worden war, etwas in die Hand zu drücken. Die über das Übliche hinausgehende Gabe machte das von allen Vorgängen im Hause wissende Faktotum gesprächig.

«Das ist heute schon zum drittenmal», sagte er kopfschüttelnd, «daß nach dem Fräulein Mager gefragt wird... Erst war da die Frau Professor Brühl-Adamé, dann beim Herrn Direktor, und jetzt wieder ein junger Mann... Dort steht er noch vor der Anschlagtafel.»

«Eine sehr gesuchte Persönlichkeit, das kleine Fräulein!» scherzte Zenobi. «Na, man kann sich ja zu Hause einmal erkundigen. Sie haben ja hier die Adresse?»

«Habe ich wohl, aber –», der Alte machte eine geheimnisvolle Miene, «die Mädchen sagen, sie ist fort... Am Mittwoch noch, ja, am Mittwoch, da war sie hier und hat am Tisch dort Briefe geschrieben. Ein bissel aufgeregt und pressiert... lebhaft, wie das Fräulein Mager halt ist, da denkt man sich nichts dabei... Und jetzt erinnere ich mich – nach der Adresse vom Dollinger hat sie gesucht, wissen Sie, von dem Agenten... und ich

habe ihr das neue Adreßbuch holen müssen, das drin im Büro liegt...»
«So, so», sagte Zenobi gleichgültig, «es passiert eben allerlei.» Im Vorübergehen faßte er den jungen Mann ins Auge, der immer noch vor der Tafel stand und die Anschläge zu studieren schien. Dieser, als er sich beobachtet fühlte, wandte sich um und hastig wieder weg. Zenobi sah einen Augenblick lang in ein knabenhaft hübsches, doch vor Qual fassungsloses Gesicht... Der Direktor, der junge Mensch... So war Annie!
In der Agentur Dollinger ergaben sich erst Schwierigkeiten. Niemand wollte etwas wissen. Er versuchte es mit einer Überrumpelung und erklärte, die ihm befreundete junge Sängerin habe ihm vor ihrer Abreise mitgeteilt, die Agentur würde sich um ein passendes Engagement für sie bemühen. Nun habe ihm sein Freund, Direktor Albert, gerade geschrieben, und es sei da, wie er hoffe, Aussicht für Fräulein Mager... Darauf mußte er ziemlich lange warten. Ein zweiter Herr kam, ließ sich das Anliegen wiederholen und erklärte, von nichts zu wissen. Während Zenobi nach einem neuen Angriffspunkte suchte, erschien ein dritter, und als er den Namen, den der zweite auf einen Zettel geschrieben hatte, überlas und den Besucher prüfend gemustert hatte, bat er Zenobi, ihm zu folgen. In einem kleinen, mit durchsessenen Klubmöbeln eingerichte-

ten Zimmer wurde er aufgefordert, Platz zu nehmen. Der modisch gekleidete Herr von großer Beweglichkeit und mit einer fettigen, in die Stirn gekämmten schwarzen Locke streckte sich gewichtig in einen Sessel ihm gegenüber aus. Zenobi empfand plötzlich vor dem Raum und seinem Insassen den gleichen mit Ekel gemischten Widerwillen wie an jenem Maitage auf der Polizeiwache. Was geschah hier?... Wurde Gesang gehandelt?... Was bedeutete das?... Dennoch wiederholte er unerschütterlich zum dritten Male, was ihn herführe, und fügte etwas indigniert hinzu, er habe den Eindruck, daß man sich hier für die junge Dame nicht sonderlich interessiere. Das erkläre sich daraus, sagte der Agent beschwichtigend, daß er diese Sache dem Büro nicht weitergegeben habe, aber er persönlich, er wiederholte das Wort mit ausdrucksvoller Geste, interessiere sich für sie. «Sie sind ja vom Fach, wie ich sehe», fuhr er mit einem vertraulich einweihenden Lächeln fort und tippte Zenobi aufs Knie. «Sie können sich wohl denken, daß ein Haus wie das unsere, ein Haus von Weltruf, ich bitte Sie, sich nicht gerade um die Vermittlung von Anfänger-Engagements zerreißt...»

«Oh», unterbrach Zenobi kühl, «dann bedaure ich, gestört zu haben. Meines Wissens übrigens müssen auch die großen Künstler einmal anfangen.»

«Wem sagen Sie das? Lassen Sie mich ausreden. Was uns an bedeutenden Künstlern am Tage durch das Haus läuft, damit könnte man drei Opernhäuser reichlich versorgen... Sie sind mit Fräulein Mager befreundet? Entzückende Person... Dann kennen Sie ja wohl auch den Herrn Doktor von Berner?»

Zenobi nickte.

«Das ist ein Mann, nicht wahr? Der hat Beziehungen bis hoch hinauf! Bis sehr hoch hinauf! Sehen Sie, darauf kommt es an. Und da er mich persönlich darum gebeten hat, konnte ich natürlich nicht nein sagen. Die junge Dame hat sich beeilt, mir das Material zu schicken. Als wenn das wichtig wäre... Naiv, nicht wahr?... Sie wollen also, wenn ich Sie recht verstanden habe, wir sollen uns mit Direktor Albert wegen eines Engagements in Verbindung setzen? Na, unter uns, ich glaube nicht, daß es dem Herrn Doktor von Berner sehr eilig damit ist.» Er lachte plötzlich laut.

«Und woraus schließen Sie das?»

«Woraus ich das schließe? Na, hören Sie!»

«Dann wird es vielleicht richtiger sein», bemerkte Zenobi zögernd, «daß ich vorerst mit Herrn von Berner darüber spreche... Ist er noch in der Stadt?»

«Eben nicht, eben nicht!» rief der Agent triumphierend aus und lachte wieder. Doch als wäre

plötzlich Mißtrauen in ihm erwacht, lehnte er sich zurück und fragte wie nebenbei:
«Wie war doch der werte Name, Herr...?»
«Baron Stauff», erwiderte Zenobi und erhob sich.
«Dann bitte ich um Entschuldigung, Herr Baron» – er stand ebenfalls auf und verbeugte sich mehrmals rasch – «für den Irrtum... Ich habe Sie für den Sänger... Na, habe ich übrigens nicht schon die Ehre gehabt, Herr Baron?...» Er schien in seinem Gedächtnis zu suchen.
«Wohl möglich», sagte Zenobi liebenswürdig und verabschiedete sich.
Schon in der Tür, wandte er sich halb zurück und fragte:
«Sie können mir gewiß sagen, wo ich Herrn von Berner erreiche?»
Das war offenbar ein Fehler, denn der Agent verlor auf einmal seine Redseligkeit, hob bedauernd Hände und Schultern und sagte nur:
«Tut mir leid, da kann ich nicht dienen.»
Er behielt den Knopf der Tür, durch die er den Besucher hinausgelassen, eine Weile in der Hand und sah dem durchs Vorzimmer sich Entfernenden mit zugekniffenem Auge nachdenklich nach.
Zenobi fühlte, daß er sich beeilen müsse, wenn er einer wahrscheinlichen Warnung von seiten des mißtrauisch gewordenen Agenten zuvorkommen

wollte. Ganz von seinem Jagdinstinkt besessen, setzte er sich auf der erforschten Fährte sofort in Bewegung. Er brauchte etwa eine Stunde, um die Wohnung des Herrn von Berner, den er als einen Legationsrat a. D. ausmachte – es waren noch andere dieses Namens verzeichnet –, zu erreichen. War er ein eifersüchtiger Liebhaber oder mitbetroffenes Glied einer schwerbetroffenen Familie, besorgter Gönner einer jungen, aussichtsvollen Künstlerin und wachsamer, findiger Detektiv zugleich?... Alle einander widersprechenden Empfindungen gewannen abwechselnd im Laufe des Tages Gewalt über ihn, je nach dem Licht, das auf den Weg seiner Nachforschungen heute fiel. Vorherrschend blieb eine quälende Unruhe, die auf dem Grunde lag und ihn nicht verließ.

Die Gestalt Annies und ihr Dasein enthüllte sich in diesem Licht, entfaltete sich und wuchs, ein eigenwillig junges, zart starkes Wesen, das unbekümmert Licht und Leben sich sog aus allem, was ihm frommte. In dieser Stunde während der Fahrt konnte er es immer deutlicher sehen. Hatte er nicht auch einen Anteil daran? Hatte er mit seinen Reden nicht bewirkt, daß es so weit kam?... Etwas schmerzte ihn. War er berufen, hier hemmend einzugreifen, im Namen der Familie Rechte geltend zu machen oder als moralische Polizei aufzutreten – das alles wurde sehr fraglich. Einzig darauf kam es jetzt an, wer und was dieser Herr von Berner war, aber dann schien es ihm, daß es auch darauf nicht ankam.

Während er in solchen Gedanken, die unklar auftauchten, dahinfuhr, fühlte er den detektivischen Elan fast von sich weichen. Auch seine Eifersucht schien ihm verspätet. Was ihn noch trieb, war die alte Lebensneugier, von Wehmut beschattet.

Auf sein Läuten an der Wohnung wurde ihm zu seiner Überraschung bald geöffnet. Er faßte sich und war wieder völlig in seiner Rolle. Er sei der Baron Stauff, er wisse wohl, daß Herr von Berner verreist ist, doch er habe ihm dringend etwas mitzuteilen...

Der junge Diener öffnete höflich eine Tür, die aus dem Vorraum in eines der Zimmer führte, machte Licht und bat Zenobi einzutreten.

«Der Herr Sekretär ist jetzt leider nicht mehr anwesend, aber wenn der Herr Baron zu schreiben wünschen...», er ordnete Schreibzeug und Papier auf einem Tisch, schob einen Stuhl heran, «... ein Brief wird Herrn von Berner morgen mit der übrigen Post zugeschickt werden, ganz zuverlässig...»

Zenobi setzte sich kurz entschlossen an den Tisch und schrieb an Annie, während der Diener, der noch eine Lampe herbeigebracht hatte, in respektvoller Entfernung in der Nähe der Türe blieb.

«Ich habe ganz zufällig deinen Aufenthalt erfahren, erschrick nicht und überstürze deine Entschlüsse nicht. Niemand verfolgt dich! Man ist zu Hause traurig und besorgt, aber ich will sie beruhigen, ohne ihnen zu sagen, was ich weiß, wenn du mir gleich Nachricht gibst und mir erlaubst, dich zu sprechen. Du wirst dich doch nicht aus kindischer Angst vor deiner Mutter verstecken, die so verständig ist. Es wird dich ja nur in allem hemmen. Aber wenn es dir schwer ist, bediene dich meiner, und ich stehe dir dafür ein, daß man dir auf deinem Wege in die Freiheit keine Hindernisse legen wird...» Hier hielt er inne. Sollte er ihr nicht sagen, wessen sie ihn beraubt hat; nicht fragen, weshalb er ihr Vertrauen nicht verdiente? Doch ein zufälliger Blick auf den jungen Diener brachte ihn plötzlich in Verwirrung. Er schrieb nur noch: «Von mir sage ich nichts.» Er fügte vorsorglich eine postlagernde Adresse an, steckte den an Annie adressierten Brief in einen zweiten Umschlag, auf den er den Namen des Herrn von Berner schrieb, und schärfte dem mit einem reichlichen Trinkgeld bedachten Diener ein, den Brief, der von größter Wichtigkeit für seinen Herrn sei, so rasch als möglich zu befördern. Nun, da er seine Aufgabe befriedigend, wie ihm schien, gelöst hatte, ergab er sich einem angenehmen Gefühl der Genugtuung und kam in bester Laune zu Hause an.

«Ich habe eine Spur gefunden», erklärte er den ihm gespannt Entgegenharrenden, «in zwei, drei Tagen wird sich alles aufklären. Indessen stellen Sie mir keine Fragen und warten Sie ruhig ab. Ich bin überzeugt, daß alles zum Guten sich wendet!»

Seine Sicherheit hatte die gewünschte Wirkung, der Druck löste sich, und als auch Meerengel hinzukam, hörte man dessen umständlichen, mit düsterem Ernst vorgetragenen Bericht über seine Mission kaum noch in der Erwartung eines Ergebnisses. Er weckte vielmehr auf den von dem Ereignis noch beschatteten Gesichtern stille Lichter der Heiterkeit.

Meerengel hatte sich in seine besten Kleider geworfen – grauer Leibrock, Lackschuhe, steifer Hut, Perle in der buntkarierten Krawatte, den schwarzen Ebenholzstock mit dem geschnitzten Elfenbeinknopf, dottergelbe Handschuhe in der Hand – und um die angegebene Zeit vor dem Geschäft aufgestellt. Die Mädchen, die einzeln herauskamen und die er anzureden versuchte, warfen bei seiner Annäherung scheue Blicke um sich und entfernten sich so eilig, daß es sich nicht geschickt hätte, ihnen nachzufolgen. Dann kamen zwei, die mehr Mut zu haben schienen, denn sie blieben stehen, stießen sich an und lachten. Er lachte ebenfalls und wollte sie schon anreden, denn er überlegte, daß aus zweien mehr her-

auszuholen sein würde, wenn es bei einer mißlänge. Da erschienen, wie aus dem Boden gewachsen, zwei flotte junge Leute und entführten jene beiden, die sich zurückwandten und ihm lachend mit der Hand zuwinkten. Indessen waren wieder einige vorbeigehuscht, und er fürchtete schon, unverrichteterdinge abziehen zu müssen. Es schien ihm deshalb am sichersten, sich einfach mit ausgebreiteten Armen vor den Ausgang zu stellen und zu sehen, was er so in sein Netz bekäme, denn es dunkelte bereits. Es waren wieder zwei. Sie schrien auf, offenbar wirklich erschrokken, als er sie auf diese Art aufhielt, da war er höflich zurückgetreten, den Hut in der Hand, und hatte sie folgendermaßen angesprochen:
«Meine verehrten jungen Damen, Sie werden es mir hoffentlich verzeihen, daß ich Ihnen auf diese ungewöhnliche Weise entgegentrete, wenn ich Ihnen erkläre, daß ich in der anständigsten Absicht komme. Ich habe nämlich ein Anliegen an Sie...»
«Ein Anliegen?» hatte die Ältere gefragt, und die Jüngere: «Was ist das, ein Anliegen?»
Das belustigte ihn sehr, er hielt es aber nicht für richtig, gleich darauf einzugehen, und bat sie um die Erlaubnis, sie, indessen er sich sammle, ein Stück zu begleiten. Die Jüngere bohrte mit der Fußspitze in dem Boden, sah verstohlen zu ihm auf und sagte: «Meine Mutter erlaubt das nicht!»

Darauf habe er sofort geistesgegenwärtig geantwortet:
«Glauben Sie, daß meine Mutter mir das erlaubt hätte?»
Darüber waren beide in lautes Lachen ausgebrochen, das ziemlich lange dauerte und jede ernsthafte Unterhaltung unmöglich machte. Dann tuschelten sie miteinander, schienen entschlossen und sagten, sie wüßten eine gute Konditorei in der Nähe, in die er sie einladen könnte – da hätten sie nichts dagegen –, denn hier auf der Straße herumzustehen sei für sie kompromittierend. Er war sehr froh, daß sie ihm damit zuvorkamen, denn er hatte schon die ganze Zeit überlegt, wie er eine solche Einladung vorbringen sollte. In der Konditorei tranken sie zweimal Schokolade, aßen verschiedene Kuchen und waren so eifrig damit beschäftigt, daß keine rechte Unterhaltung in Gang kam, so sehr er sich auch Mühe gab. Als sie fertig waren, sahen sie auf die Uhr und schienen es sehr eilig zu haben. Da sie drängten, mußte er endlich mit seinem Anliegen anfangen. Er fragte sie in aller gebotenen Harmlosigkeit, ob sie mit Fräulein Mager, die ebenfalls im Geschäft tätig ist, bekannt seien… Das hatte nun eine ganz überraschende Wirkung. Die Ältere sprang auf, riß ihre Tasche an sich und fuhr ihn mit blitzenden Augen an:
«So, gehören Sie auch zu der blöden Horde, die

um diese arrogante Person herumscharwenzelt? – Dann wenden Sie sich an eine andere Adresse. Ich habe es satt, das Gefrage!»
Und die Kleine erhob sich ebenfalls, strotzend vor Entrüstung, sagte etwas, das wie: Fader Kerl! klang... Es war vergeblich, sie aufhalten zu wollen. Sie entschwanden fauchend und ließen ihn einfach stehen. Ihm war es peinlich vor den anderen Gästen, welche die Szene mitansahen.
Zenobi beruhigte ihn mit der Versicherung, daß auch das ihm ein nützlicher Fingerzeig sei.
Fanny wußte nichts zu erzählen oder wollte es nicht, denn die Mienen der jungen Mädchen, mit denen sie ein Gespräch anfing, verrieten zu sehr eine beflissene Zurückhaltung, wie um zu zeigen, daß sie mehr wüßten, als sie zu sagen für gut fanden. Dabei merkte man, daß sie nichts Bestimmtes wußten. So wurde denn für die Familie, ohne daß es jemand aussprach, das Geheimnis selbst zur Enthüllung, und während jeder für sich daran herum riet, war das, was zu wissen quälte, bereits offenbar, und nur die Sorge täuschte der Mutter noch vor, daß sie eine Enthüllung erwarte.
Für Zenobi war es freilich anders. Als er nach einigen Tagen einen Brief von Annie in der Hand hielt – sie schickte ihn übrigens einfach ins Haus, ohne sich der Deckadresse zu bedienen –, schlug sein Herz in jünglinghafter Erregung und konnte sich lange nicht beruhigen. Nun kam er also doch

noch ins Spiel... Doch was drin stand, war ein Abschied, nicht mißzuverstehen. Was er für ihre Auffindung unternommen und der Erfolg sogar, den er mit dem Brief jetzt greifbar in der Hand hielt, das war sein Spiel, das mit der wirklichen Annie, die irgendwo ihr eigenes Leben zu leben begann, gar nichts zu tun hatte. Sie brauchte ihn nicht!... Er betrachtete die kraklig fahrige Jungmädchenschrift und hörte traurig einen Klang sich entfernen. Sie schrieb: Es gehe ihr gut und es sei gar kein Grund, sich um sie zu sorgen. Er, Zenobi, dem sie so vieles verdanke und der ihr den Blick für die große Welt geöffnet habe, werde es der Mutter am besten klarmachen, daß ein talentiertes und, wie er zugeben werde, nicht häßliches Mädchen nicht im Winkel sitzen könne und warten, bis sie jemand entdecke. Den Märchenprinzen gebe es nur in Märchen, die Leute, die für einen etwas tun können, sehen anders aus. Sie aber sei entschlossen, Karriere zu machen, eine große Sängerin zu werden, und das könne man nicht ohne Geld und ohne Protektion. Im übrigen sei sie ein anständiger Mensch. Der Mann, dem sie sich anvertraue und der so viel für sie tue, könne ihrer Liebe sicher sein. «Ich sage Ihnen auf Wiedersehen», hieß es am Schluß, «aber noch nicht jetzt und nicht bald. Wenn ich in einer großen Rolle auftrete, dann sollen Sie kommen und mich sehen.»

Zenobi, der noch überlegte, wie er es der Mutter beibringen solle, fand Frau Mager still und nachdenklich. Auch ihr hatte Annie geschrieben. Er brauchte sie nicht aufzuklären. Zenobis Vorschlag, Annie doch eine Aussprache mit ihrer Mutter nahezulegen, unterbrach sie mit einer resignierten Bewegung.

«Wozu», sagte sie aufseufzend, «was soll ich ihr sagen? Daß ich meinen Segen dazu gebe oder daß ich ihn nicht gebe?... Was brauche ich es, daß sie sich vor mir schämt!... Es geschieht uns ganz recht dafür, daß wir die Kinder für kleiner halten, als sie sind. Seht das kleine Ding an... Kümmert ihr euch nicht um mich, gut!... Und geht hin und schlägt die Tür hinter sich mit Krach zu. Und man hat noch gar nicht richtig an sie gedacht. Denn da sind ja die Größeren, die vorangehen. So ein Kind und so tapfer... Wir wollen uns wahrhaftig nichts einbilden!»

Das war Frau Magers Abschiedsrede an Annie.

XI

Man hätte nicht sagen können, daß sich seit Annies Fortgang im Hause etwas geändert habe, und doch war es, als sei man darin weniger sorglos, weniger unbekümmert geworden. Ging auch alles seinen alten Gang, so war doch allmählich im

Tun und Gehaben der Mädchen ein stiller Eifer, ein gewecktes Zielbewußtsein gewachsen. Ohne daß darüber gesprochen wurde, versagte man sich häufiger ein Vergnügen, verzichtete auf einen Ausflug, auf einen zerstreuenden Besuch. Fanny arbeitete für ihr Schlußexamen und bewarb sich um eine Stelle in einer kleinen Landstadt, für die ihr Aussichten eröffnet worden waren. Zwischen Rosa und einem älteren Bankangestellten, der im Hause wohnte, schien sich eine Verbindung anzubahnen, und Regine, königlich und bequem wie immer, saß an den Abenden länger zwischen ihren Blumen, Bändern und Hüten und war auf die Ausdehnung ihrer Kundschaft bedacht. Ihr schönes weißes Gesicht, in dem nur der Mund noch frisch und rot war, nahm im Verblühen zarte Teerosentöne an, und ihre Stattlichkeit, wenn sie so gebeugt unter der Lampe saß, war schon nahe der Fülle. Ihre Gesundheit war dabei nicht die beste. Sie saß viel, weil Bewegung sie rasch ermüdete. Wenn Zenobi zuweilen einen wehmütigen Blick der Mutter auffing, der verstohlen und liebkosend ihre Gestalt streifte, empfand er es wie einen stummen Vorwurf gegen sich... Die Zeiten waren auch schwieriger geworden. Öfter stand nun ein Zimmer leer, wechselten die Bewohner, über deren Unzuverlässigkeit Rosa sich zu beklagen Anlaß hatte. Auch in der Öffentlichkeit war auf einmal viel Unruhe.

Man hörte von aufrührerischen Bewegungen in den entfernten Provinzen, die Zeitungen erörterten die Möglichkeiten eines Krieges. Das Für und Wider erregte leidenschaftliche Ausbrüche. Dann verstummten die Gerüchte ebenso plötzlich, um nach einiger Zeit begründeter und mit mehr Glaubwürdigkeit aufzutauchen, wie ein unterdrücktes Feuer Ausdehnung und Macht gewinnt. Indessen die Menschen, die sich an alles gewöhnen, in diesem schwankenden und gefährlichen Zustand ihre Lebensgier nur noch gesteigert fühlten. Zenobi, wenngleich von alledem auf seine Weise ergriffen und in diesen wiederkehrenden Wellen des Gerüchts als in einem abenteuerlichen, ihm gemäßen Element herumschwimmend, war doch durch die Geborgenheit im Hause und von der sanften Hand der Frauen unmerklich geführt, im Begriffe, in ein fast gesichertes Dasein einzulenken. Da die Gelegenheitsarbeiten immer unergiebiger geworden waren, verschaffte ihm Regine durch ihre Verbindungen den Eingang zu den großen Mode- und Bekleidungsgeschäften, und nach einer kurzen und erfolgreichen Versuchszeit hatte er da einen neuen Beruf gefunden. Er verstand es, mit Phantasie und Geschmack sehr wirkungsvolle Zusammenstellungen feiner modischer Erzeugnisse in den großen Schaufenstern und auf Podien im Innern zu komponieren und erfand dabei so effektvolle und neue Nuancen, daß er bald eine gesuchte Spezialität war. Das eine Fenster, zum Beispiel, trug eine Tafel mit der Aufschrift «Der feine ältere Herr» und gruppierte in geschmackvoller Unordnung und in harmonischen Farben Anzüge, Paletots, Schals, Hüte, weiße und farbige Wäsche, Strümpfe, Krawatten, Stiefel, Schuhe; selbst die Saffian-Reisepantoffeln, Plaids und Handschuhe zu verschiedenen Gelegenheiten waren nicht vergessen. Eine Zusammenstellung hieß «Die Teestunde», eine andere «Die elegante Frau auf dem Lande». Den Geschäftsleuten, die seine Dienste in Anspruch nahmen, trat Zenobi als Amateur mit den Allüren des Künstlers entgegen und ließ Andeutungen fallen, daß nur seine Vergangenheit und der Gebrauch ihm die unfehlbare Sicherheit gäben, zu entscheiden, was wirklich fein und vornehm sei. Auch ihnen galt er als der Herr Baron, ob sie es glaubten oder nicht, und manche fanden sogar ihren Vorteil dabei, denn dafür durfte man bei der Honorierung etwas lässiger verfahren. Die Arbeit war einträglich, an keine feste Zeit gebunden und machte ihm zudem Vergnügen. Hier war das Spiel der Verkleidungen zwar nach außen verlegt, aber er blieb so in seinem Element... Daneben hatte er noch seine Vorstadtsklientel als Berater in Rechtssachen, als welcher er immer mehr Vertrauen fand.

Man erzählte sich in der Straße mit Wohlgefallen

von dem Erfolg seines Auftretens in dem Mordprozeß einer jungen Arbeiterin, welcher viel Aufsehen gemacht hatte. Sie war mit einem jungen Manne verlobt und hatte ein Kind von ihm bekommen. Kaum aus dem Wochenbett, erfuhr sie, daß er eine andere zu heiraten beabsichtigte. Er kam sie besuchen, und als er auf ihre dringlichen Fragen, wie es sich damit verhielte, ausweichende Antworten gab und ihren verzweifelten Bitten, sein Eheversprechen einzulösen, kühle Bedenken, verdächtige Ausreden und schließlich brutale Antworten entgegenhielt, schoß sie auf ihn in der Verzweiflung aus einem Revolver und verwundete ihn. Er genas nach kurzer Zeit, das Mädchen aber stand vor den Geschworenen, wegen Mordversuches angeklagt. Zenobi, der das Kind nach der Verhaftung der Mutter untergebracht und seine Vormundschaft zu übernehmen sich bereit erklärte, war vorgeladen, um sich über die materielle Lage der Angeklagten, die er kannte, zu äußern. Er schilderte die Verhältnisse und den bedauernswerten Zustand des Mädchens nach der Entbindung und schloß mit den Worten:

«Es ist hier gesagt worden, der Mann sei wie ein Marder in das Leben des Mädchens eingebrochen, und ich möchte, um bei diesem Bilde zu bleiben, mit Ihrer Erlaubnis hinzufügen: Wenn die Hühner in ihrer Todesangst auf den Marder schießen würden, so würde niemand etwas daran zu tadeln finden. Dabei würde es immer noch für den Marder sprechen, daß er den Hühnern keine Kinder macht…»

Die Zuhörer, die Geschworenen lachten, auch der Gerichtshof konnte kaum seine Haltung bewahren. Der Vorsitzende hatte Mühe, seine Würde aufrechtzuerhalten, um dem Zeugen eine solche Ausdrucksweise zu verweisen. Und obgleich der Ankläger scharfen Einspruch dagegen erhob, daß der Zeuge hier plädierte, und die Würde wiederherstellte, war das ganze hochnotpeinliche Zeremoniell mit seinem mörderischen Ernst einen Augenblick wie weggewischt, und alle hatten die Empfindung, daß eine harte Verurteilung unmöglich wäre. Was der Ausgang auch bestätigte.

Im Hause wurde Zenobi längst als ein Glied der Familie betrachtet und mit jener Auszeichnung behandelt, welche die stille Erwartung ausdrückt, daß ein anerkannter Zustand sich bald in einem sichtbaren Akt manifestiere. Doch in Reginens sanftem, arglos hingebendem Wesen war eine Schwere, die sie so schön in sich selbst ruhen ließ und von beunruhigenden Gedanken nicht leicht in Bewegung zu setzen war. Fordern hieße Spannungen erzeugen; das war anstrengend und unbequem. Auch Frau Magers in dieser Zeit oft sorgenvolle Erwägungen veranlaßten sie nicht zu einem geflissentlichen Vortreiben. Sie haßte Aussprachen und hatte den frauenhaften Glauben, daß das Leben sich selber helfe. Wohl wußte man nicht, was in diesem seltsamen Mann vorging, wußte kaum, was ihn umtrieb, aber er war gut, und er war nobel. Wenn nur Regines Gesundheit besser gewesen wäre... Im übrigen mochten die Leute denken und reden, was sie wollten.

So ging die Zeit hin. Zenobi aber, dem es nicht gegeben war, über seine inneren Zustände sich Rechenschaft zu geben – denn sie deckten sich entweder gar nicht oder vollkommen mit seinen äußeren, und das Hinüberwechseln von einem in den anderen hatte ihn nie beschwert –, wußte von sich selbst nur gleichsam auf Anruf.

Es war nach einem jener jetzt seltener gewordenen, von Meerengel selbst bereiteten Soupers auf seinem Zimmer. Zenobi und Meerengel saßen an einem niedrigen, runden Tisch einander gegenüber, auf den ein zweiarmiger, silberner Leuchter zarte Reflexe der Mokkatassen, Flaschen und Likörgläser aufblitzen ließ. Sie waren beide im Abendanzug, und wer sie in diesem Augenblick gesehen hätte, hätte glauben können, sie seien übereingekommen, ohne Zuschauer ein fein ausgedachtes Spiel zu spielen, oder im Begriffe, bei wer weiß welchem feierlichen und festlichen Akt zugegen zu sein. Aber es war nur ein verehrender, liebenswürdiger Wirt und ein vornehmer Gast nach einem Essen zu zweit, die sich hier, zwanglos zwar, doch in gewissen Formen, die nur ihnen geläufig waren, unterhielten.

«Unsere gute Frau Mager», sagte Meerengel, «ließ es sich nicht anmerken, wie sehr Fannys Abreise sie bewegt hat.»

«Ich fürchte», meinte Zenobi, «daß sie sich im stillen noch mehr um Annie sorgt...»

Meerengel nickte nachdenklich.

«Darf ich übrigens fragen, Baron, was man von diesem Herrn von Berner weiß?... Kurios, daß er Ihren höflichen Brief unbeantwortet ließ.»

«Er hat nicht den besten Ruf, lieber Herr Doktor, leider... Und sein Benehmen ist danach. Ein Edelmann müßte wissen, was er der Mutter schuldig ist... Ich würde ihn einmal stellen, aber das könnte mißdeutet werden... Wie verzwickt ist doch alles in der Welt! Sich für jemand einsetzen darf man nur, wenn man auf den Menschen Anspruch macht. Sonst heißt es gleich: was kümmert sich der drum, da steckt etwas dahinter...»

«Man kann es nicht besser ausdrücken, was einen Mann wie Sie von anderen unterscheidet», sagte Meerengel mit einer Verbeugung. «Nur... Ihre Gefahr ist, wenn Sie mir diese Bemerkung erlauben wollen, daß man Sie Ihrer universalen Verpflichtung entzieht, wenn man Ihnen persönliche Pflichten aufzuerlegen sucht.»

«Wie meinen Sie das?»

«Nun, zum Beispiel: Wer ein junges Mädchen und ein Kind, eine mütterliche Frau und eine würdige alte Frau, und eine schöne Frau von dreißig, einen alten Mann und einen Knaben, einen Unglücklichen und einen Helden, ich meine, wenn einer jeden dieser Menschen auf die ihm gemäße, ihm zukommende Art liebt – liebt ist vielleicht gar nicht das Wort, aber wir haben für so vielerlei Arten der Anziehung nur das eine Wort –, was meinen Sie wohl, Baron, wird ein solcher Frau und Kind haben und für sie allein sorgen?»
«Gewiß nicht», rief Zenobi lebhaft. «Das kann ich verstehen...»
Meerengel trank einen Schluck aus seinem Glas, legte ein Bein über das andere.
«Und wird ein solcherart Beschaffener», fuhr er fort, als repetiere er einen platonischen Dialog, «nicht die mannigfaltigen Erscheinungen dieser Welt, ihre Vielheit so in sich aufnehmen, daß es ihn treibt, sie immer wieder zu suchen und sich ihrer zu bedienen, sei es als ein so Seiender oder ein an ihnen Teilhabender... oder wird er an einem stillen Ort sich niederlassen und sich ihnen entziehen?» Er lachte plötzlich glucksend, bat um Entschuldigung und sagte: «Ich rede wohl etwas konfus und bin abgekommen von dem, was ich fragen wollte, Baron... Geht es Fräulein Regine besser?»

«Danke. Sie klagt nicht mehr über Schmerzen, aber sie bleibt noch liegen.»

Es entstand eine Pause. Da sagte Zenobi:

«Das ist nun einmal so. In meinen Angelegenheiten, da kenne ich mich nicht aus. Alle, scheint es, wissen, wie es sein soll, nur ich weiß das nicht...»

Meerengel sah aus seiner Zerstreutheit, in die er nach seiner Gewohnheit verfallen war, wie geweckt auf:

«Sie wissen es schon auf Ihre Weise... Es gibt eben Menschen, die mehr haben, als sie für sich ausgeben können. Die Welt braucht sie!... Sehen Sie doch, was Sie gestern in der Wahlversammlung sprachen, hat allen eingeleuchtet. Der Beifall war groß...»

«Aber dann stimmten sie für den anderen Kandidaten!»

«Ihre Rede war die eines Staatsmannes, und die wollen doch nur einen Abgeordneten... Sie haben ja auch gar nicht für Ihren Kandidaten gesprochen, sondern so, als wären Sie selbst der Minister...»

Zenobi lachte:

«Ja, so geht es mir immer. Man denkt sich da hinein... Aber wenn sie dann kommen und fragen, wieso und warum, dann kann ich es nicht sagen!»

«Sie können sich eben bei diesen Leuten nicht legitimieren», nickte bestätigend Meerengel.

«Legitimieren», wiederholte achselzuckend, mit einem Anflug von Bitterkeit, Zenobi: «Ja, das ist es! Als wenn man etwas dafür könnte, daß man leider nun einmal als der und der geboren wurde und es schon hundertmal vergessen hat...» Er zündete sich eine Zigarette an und sagte mit einem liebenswürdigen Lächeln:

«Ihnen, lieber Herr Doktor, danke ich es am meisten, daß es aufgehört hat, mich zu beschweren. Sie brauchten keine Aufklärungen. Ich hätte sie auch nicht geben können. Aber früher, da war es mir manchmal, als wollte man mich mit Gewalt in eine alte Haut hineinzwängen, die ich einmal getragen. Das war fast schmerzlich!» Er rauchte behaglich und fuhr fort: «Hier im Bezirk übrigens haben sie sich schon dran gewöhnt, auch bei den Behörden. Wenn ich bei einer amtlichen Gelegenheit sage: ‹Erlauben Sie, daß ich meinen bürgerlichen Namen angebe, den ich jetzt führe›, so nehmen sie es als bekannt hin. Aber neulich war da einer, der von mir nichts wußte, der war neugierig: ‹Und was waren Sie denn früher?› fragte er verwundert. ‹Ein Tiger!› sagte ich. Und wir lachten beide. Dann meinte er: ‹Franz Xaver Zenobi ist doch auch ganz schön! Klingt nach einem ordentlichen Christenmenschen, was wollen Sie denn?›...»

Meerengel hatte einen seiner spasmischen Lachanfälle, nach welchen sein Gesicht sich zu unheimlichem Ernst versteinerte.

«Nein», sagte er düster, «es ist ein unwahrscheinlicher Name für uns heute. So kann man nur heißen, wenn man sich über sich selbst lustig machen will. Die beiden Vornamen machen es nicht besser... Für mich sind und bleiben Sie der Herr Baron... Und was Sie sonst noch diesem Prädikat beifügen mögen... Sie müssen selbst kandidieren», beschloß er plötzlich. «Wir wollen Seiner Eminenz nächstens einen Besuch machen.»

«Wenn ungewöhnliche Dinge in der Welt passieren», sagte Zenobi und gab offenbar einem Gedanken Ausdruck, der ihn viel beschäftigte, «dann hört man immer einen neuen Namen und selten einen von den vielen, die man kennt.»

«Ja», sagte Meerengel, «das ist merkwürdig, und eigentlich doch nicht... Meist sind es Menschen, die schon vielerlei waren und schon vielerlei hießen. Früher übrigens kümmerte sich niemand um Kirchenbücher und Standesregister. Man suchte sich seinen Namen je nach den Umständen. Ein richtiger Mann erhielt seinen Namen von seiner Tat. Die Gelehrten können meist gar nicht feststellen, wie einer ursprünglich geheißen hat...»

Und Meerengel begann, nachdem er eine große Zigarre angesteckt hatte, mit der ihm eigenen Umständlichkeit von dem Fall des falschen Demetrius zu erzählen... Er war der Meinung, daß

Demetrius so falsch gar nicht gewesen sei, als Zeit und Umstände um ihn es waren.
Sie saßen noch spät in der Nacht in ihre seltsame und etwas feierliche Unterhaltung vertieft.

XII

Der verurteilte Bauunternehmer war nach Ablauf seiner Strafzeit aus dem Gefängnis entlassen worden. Er hauste kümmerlich in einem kleinen Anbau seines früheren Eigentums, das unterdessen verkauft worden war, und verzehrte sich in vergeblichen Bemühungen um sein Recht. Mit Hilfe Meerengels und dank dem Eingreifen einer hohen Persönlichkeit der Kirche war es Zenobi gelungen, dem unglücklichen Mann eine untergeordnete Beschäftigung bei einem Architekten zu verschaffen, der staatliche Aufträge auszuführen hatte. Doch es hatte nicht den Anschein, daß es ihm zu einem ersprießlichen neuen Anfangen gedieh. Vor allem gab es Streit mit dem neuen Besitzer des Hauses, den der Entlassene als einen Räuber und frechen Eindringling in sein Eigentum bezeichnete und täglich mit Streit und Klagen belästigte. Zenobi sah den früh Gealterten oft, wie er vernachlässigt und gebeugt, unverständliche Worte vor sich murmelnd, durch die Straßen wankte, zuweilen stehenblieb und frühere Bekannte aufhielt, um ihnen den Fortgang seiner Angelegenheit zu erzählen. Die meisten hatten seinen Fall vergessen und wußten auf die wirren Reden kaum zu antworten, andere empfanden es als peinlich und ließen ihn stehen. Dann konnte es geschehen, daß er in Zorn geriet und den Davoneilenden Beschimpfungen nachschrie. Er kam auch ins Magersche Haus, um immer wieder von seinem Prozeß zu sprechen, und da es Zenobi nicht über sich brachte, dem geschlagenen Mann zu sagen, daß seine Bemühungen ohne Erfolg geblieben seien, mußte er neue sinnlose Vorschläge hinnehmen und sich anstellen, als nutze er sie, um die verlorene Sache weiter zu fördern. Schien es Zenobi zuweilen, als sei es ihm gelungen, den Mann bei einem Glas Wein heiterer zu stimmen und ihm zum neuen Beginnen Mut gemacht zu haben, so überzeugte er sich doch bald, daß jener in seiner Besessenheit verharrte. Mit der Zeit hatte der frühere Bauunternehmer die Gewohnheit angenommen, mit den Schutzleuten auf der Straße Händel zu suchen und in angetrunkenem Zustand zu randalieren. In der Vorstadt kannte ihn die Polizei und beachtete seine Reden nicht. Man ließ ihn laufen. Eines Tages aber erhielt Meerengel von dem Architekten, bei dem sie den Bauunternehmer untergebracht hatten, die Nachricht, daß dieser in einem entfernten Stadtteil sich ungehörig aufgeführt, auf dem

Kommissariat die Beamten bedroht, Fenster eingeschlagen habe und in Haft genommen worden sei. Zenobi und Meerengel berieten, was zu tun sei.

«Das ist doch nicht zu ertragen», rief Zenobi, «daß dieser Mensch für Monate oder länger wieder ins Gefängnis kommt! Jetzt werden sie ihn schon als Rückfälligen behandeln! Das wäre doch wahrhaftig der Triumph des Unrechts!... Wir müssen ihn befreien.»

Meerengel war der gleichen Meinung: «Jetzt heißt es überlegen, an wen man sich da wendet», begann er.

Doch Zenobi unterbrach ihn ungeduldig: «Das führt zu nichts! Wir selbst müssen es tun, und ohne Aufsehen!»

«Ja, aber wie?»

«Ich habe es! Und Sie sollen mir dabei helfen!» Er entwickelte seinen Plan. Meerengel stimmte zu und erklärte, es werde ihm eine Ehre sein, dabei mitzuwirken. Zenobi drängte, und sie machten sich unverzüglich an die Ausführung.

Sie begaben sich im Wagen nach dem ihnen von dem Architekten bezeichneten Polizeibüro und ließen sich zum Kommissar führen. Hier erfuhren sie, daß der Häftling nach der Polizeidirektion überführt worden war und von dort vielleicht schon weiter. Doch Zenobis ruhiges und imponierendes Aufteten bewirkte, daß sie genaue

Angaben erhielten, an wen sie sich dort zu wenden hätten.
In dem düsteren und weitläufigen Gebäude wurden sie nach kurzem Warten zu einem älteren Beamten in Zivil geführt, der sich entgegenkommend nach ihren Wünschen erkundigte. Zenobi stellte sich als Professor Klinghofer, Leiter der Universitäts-Nervenklinik, vor, und Meerengel als seinen Assistenten Dr. Brunner. Sie wurden höflich gebeten, Platz zu nehmen.
Ein bedauerlicher Fall führe ihn hierher, begann Zenobi mit kaum zurückgehaltener Entrüstung. Infolge der Fahrlässigkeit des Personals sei ihm erst heute gemeldet worden, daß ein in seiner Behandlung befindlicher Patient unbeaufsichtigt die Klinik verlassen habe, und eben erfahre er, daß der Kranke in Haft genommen sei. Wie er höre, sei es dabei zu Unzuträglichkeiten gekommen...
«Der Name?» –
«Ein Herr Steinwurz... Adalbert mit Vornamen.»
«Böse Geschichte, Herr Professor», sagte der Beamte, nachdem er einen Akt aus dem Regal genommen und eingesehen hatte. «Sachbeschädigung, Beamtenbeleidigung und Bedrohung, Widerstand...»
«Ich bitte», unterbrach Zenobi mit Autorität, «das interessiert uns gar nicht. Ich reklamiere

einen Patienten, der in meiner Behandlung und unter meiner Aufsicht steht. Sein Zustand ist allerdings von solcher Art, daß er, in Aufregung versetzt, exzessiver Handlungen fähig ist, für die er aber nach dem Gesetz nicht verantwortlich gemacht werden kann. Die Polizei hätte es mir melden sollen...»

«Er hat nichts von der Klinik gesagt... Nein. Es steht nichts drin, Herr Professor!» sagte der Beamte kopfschüttelnd.

«Bitte, Herr Doktor», wandte sich Zenobi an Meerengel, «lesen Sie dem Herrn Oberkommissar die klinische Diagnose vor. Das wird ihn aufklären.»

Meerengel entnahm seiner Mappe, die er auf den Knien vor sich liegen hatte, ein Blatt und begann:

«Mit Ihrer Erlaubnis, Herr Professor! ... Also: Es ist ein Fall von Paranoia im Anfangsstadium, die in der Form eines intermittierenden Verfolgungswahns auftritt. In solchen Momenten zeigt der Patient bei Widerspruch starke Neigung zur Aggression, die sich bis zur Tobsucht steigern kann...»

«Das ist es», bestätigte der Kommissar. «Er scheint ja nicht schlecht gewütet zu haben, nach dem Protokoll hier!»

«Fahren Sie fort», sagte Zenobi, zu Meerengel gewandt.

«... Damit ist neben einiger Affektion der Bewegungsnerven zuweilen auch Amnesie verbunden...»
«Gedächtnisschwund», erläuterte Zenobi dazwischen.
«... besonders für kurz zurückliegende Ereignisse und Zustände, während länger Vergangenes leicht zur Reproduktion gebracht werden kann», schloß Meerengel die Verlesung.
«Der Mann ist meines Erachtens in der Besserung begriffen», vervollständigte Zenobi. «Sie können sich denken, welcher Gefährdung er durch die beständigen Erregungen der Haft ausgesetzt ist!»
«Ja, was machen wir da», sagte der Beamte unschlüssig. Und nach einer Pause: «Wollen die Herren sich ein wenig gedulden, ich will mit dem Regierungsrat sprechen.»
Während sie warteten, wäre Meerengel fast aus seiner Rolle gefallen. Es wandelte ihn eine so heftige Lachlust an, daß bei dem Versuch, sie zu unterdrücken, sein ganzer Körper in Erschütterung geriet... Da sprach Zenobi von seinem Platze aus, wo er in zwanglos würdevoller Haltung sitzengeblieben war, so wie ihn der Beamte verlassen hatte, die denkwürdigen Worte, welche Meerengel viel später mit tiefer Bewegung zu wiederholen pflegte, wenn er von Zenobi erzählte: «Ich muß sehr bitten, Herr Doktor! Lachen Sie nicht, wenn Sie im Dienst sind!»

Der Regierungsrat, zu dem der zurückgekehrte Beamte sie dann geleitete, war ein Mann von ausgezeichneten Formen, der Zenobi mit besonderer Zuvorkommenheit behandelte. Er eröffnete ihm, daß der Akt zum Glück noch nicht weitergeleitet worden sei, und nachdem auch er von dem Krankheitsbericht Kenntnis genommen, fuhr er fort:

«Auf Ihre dringlichen Vorstellungen hin, Herr Professor, kann ich also die Enthaftung anordnen. Ich würde es aber wegen aller möglichen Eventualitäten vorziehen, den Mann durch behördliche Organe an Ihre Klinik abzuliefern, und das könnte allerdings nicht vor morgen geschehen.»

«Das ist ausgeschlossen», rief Zenobi abwehrend. «Bedenken Sie, Herr Regierungsrat, der Kranke ist jetzt bereits drei Tage in Haft. Die Pflichtvergessenheit des Personals fällt auf mich zurück. Wenn ich auch Ihre Gründe würdige, so bin ich vor allem Arzt... Ich könnte auch den geringsten weiteren Aufschub nicht verantworten.»

Die in liebenswürdigster Form ausgetauschten Erklärungen zogen sich noch eine Weile hin, schießlich willigte der Regierungsrat ein.

«Wollen Sie ihn denn gleich mitnehmen?» fragte er.

«Dazu sind wir ja hergekommen», erwiderte Zenobi einfach. «Mein Wagen wartet unten.»

«Sie machen Ihrem großen Ruf als Arzt und Mensch in gleicher Weise Ehre», sagte der Regierungsrat mit einer Verbeugung und gab seine Weisungen. «Indessen mache ich Sie aufmerksam, Herr Professor, daß der Mann formaliter zunächst noch in Untersuchung bleibt. Wir werden sie natürlich aufheben, sobald wir Ihr ausführliches Gutachten haben. Solange aber bleiben Sie der Behörde für ihn verantwortlich. Eine Formalität nur, versteht sich...»

«Ließe sich das nicht gleich erledigen?» fragte Zenobi hastig. «Herr Dr. Brunner wird so freundlich sein...»

«O nein, Herr Professor», unterbrach der Regierungsrat. «Machen Sie das nur in aller Ruhe in der Klinik ab und schicken Sie mir den Akt morgen... Nur für dieses kurze Protokoll hier bitte ich um Ihre Unterschrift... So – und nun möchte ich Sie nicht länger Ihren Patienten entziehen.»

Nach einer halben Stunde konnten sie in einem kahlen Wartezimmer den verwilderten und von seiner Befreiung völlig überraschten Bauunternehmer in Empfang nehmen und das Gebäude verlassen.

Am nächsten Tage schon schickte Meerengel den von einer neuen Verhaftung bedrohten und dadurch ernüchterten Mann mit einem Brief an den Verwalter auf das Gut seiner Großeltern. Diesen selbst schrieb er ausführlich, ohne jedoch die letzten Ereignisse zu erwähnen, und bat sie, sich des Unglücklichen anzunehmen, der durch ein an ihm begangenes Unrecht ruiniert worden sei.

Das hatte Erfolg. Der Bauunternehmer war dort zunächst in Sicherheit und fand sich fern seiner früheren Umgebung leidlich in eine neue Tätigkeit auf dem Lande. Bedenklicher aber war es um die Sicherheit seiner Befreier, besonders aber Zenobis bestellt, – Meerengel war während der ganzen Aktion kaum beachtet worden – als das erwartete Gutachten bei der Polizei nicht eintraf, dafür aber eine Anfrage in der Klinik bald aufdeckte, daß man einem kühnen Handstreich Unberufener beschämend erlegen war. Die Fahndung nach dem Bauunternehmer, dessen Vorgeschichte nun genauer erforscht wurde, schien jetzt Nebensache. Ihren ganzen Eifer aber setzte die Behörde in die Aufspürung des frechen, raffinierten Hochstaplers, der alte, gewiegte Polizeimänner so geschickt zu übertölpeln vermochte, – und das in der Rolle einer stadtbekannten Persönlichkeit, mit der er nach der Beschreibung nicht die geringste Ähnlichkeit hatte! ... Professor Klinghofer selbst erzählte die Geschichte lachend überall herum. Sie kam dadurch, von allerhand Bemerkungen begleitet, ausführlich in die Zeitung und stachelte den Ehrgeiz der Polizei zur äußersten Anstrengung. Im ersten Ansturm stieß sie in Sackgassen vor. Es lag nahe, an irgendeinen der Polizei bekannten Spezialisten zu denken, der aus Rache oder aus reinem Übermut ihr einen Streich spielen wollte, denn die Person des Befreiten war bedeutungslos. Man forschte aber auch nach Übeltätern, die ihre Strafe in der gleichen Anstalt und zu gleicher Zeit mit dem Verhafteten verbüßt hatten. So griff man erfolglos herum, während jene, welche das Schicksal des Bauunternehmers kannten, bei dem plötzlich auch für ihn erweckten Interesse seine alte Angelegenheit wieder aufzunehmen Anlaß und auch den billigen Mut fanden, die kühne Befreiung öffentlich als gute Tat zu preisen. Dadurch wurde die Polizei auf eine andere Fährte gelenkt, und die Spuren wiesen nach dem Hause Mager. Als dann eines Tages ein etwas zu unauffälliger Herr erschien und mit der Miene eines jovial tuenden Verschwörers Fragen an Frau Mager richtete, deren Sinn zwar dunkel, deren Absicht aber nicht mißzuverstehen war, hielten Zenobi und Meerengel eine stille Beratung ab. Sie kamen überein, daß dem Hause vor allem jede Beunruhigung ferngehalten werden müßte. Deshalb war es geboten, daß einer nach dem anderen ohne Aufsehen verreiste.

Es war mitten im Sommer, und der Anlaß leicht gefunden, der sie beide auch für längere Zeit aus dem gefährlichen Umkreis der Nachforschungen entfernte. Zenobi begab sich als erster auf eine Ferienreise ins Gebirge, der, wie er ankündigte, noch eine Fahrt in Geschäften folgen sollte, und Meerengel verließ einige Tage später die Stadt, um seine Großeltern zu besuchen und dann eine Studienreise ins Ausland anzutreten. Auf dem Gute sollte er auch die Sicherheitsverhältnisse für den Bauunternehmer prüfen und nötigenfalls weiter für ihn sorgen.

Zenobi, der selten reiste und für den Reisen stets etwas Lockendes hatten, reiste diesmal in einem wohlbegründeten Inkognito und recht komfortabel. Seine Verhältnisse erlaubten ihm das, und die Tätigkeit in den feinen Modegeschäften hatte ihn in Hinsicht auf Garderobe, die schon stets Gegenstand seiner besonderen Sorgfalt war, fast an das Ziel seiner anspruchsvollen Wünsche gebracht. Er trug einen dunklen Flanellanzug, braune Schuhe, feingestreiftes Hemd, Foulard-Krawatte und braunen, weichen Filz. Er sah genau wie der feine ältere Herr auf Reisen aus und besaß auch alles, was dazu gehörte. In seinen Koffern lagen wohlverstaut Kleider und Sachen, die ein längerer Aufenthalt in den Bergen oder am Meer beanspruchen mochte, vom Bergsport und Tennis bis zur Abendunterhaltung im Kasino. Er saß bequem in seine Fensterecke zurückgelehnt und betrachtete hingegeben, wie es seine Gewohnheit war, das große Drehpanorama der Welt, das der gewaltige und unermüdliche Renner vor ihm in Bewegung setzte. Gegen Mitreisende war er höflich, doch zurückhaltend. Er war es längst gewohnt, daß die Menschen in seiner Nähe Vermutungen aller Art über ihn austauschten, und fand es jetzt am besten, sie darin nicht zu stören. Man sprach viel vom Krieg und riß sich um die Zeitungen. Ihm war Krieg schönes, großes Heldenleben; die Erinnerung an seine eigene Soldatenzeit widersprach durchaus nicht den Vorstellungen, die das vielgesprochene Wort in ihm erweckten. Auf dem Hügel waren die großen Generäle mit ihrer glänzenden Suite versammelt, vorne sprengten die berühmten Kavallerieregimenter zur Attacke vorbei, und rasselnd, mit schönem Schwung, fuhr die unerschrockene, leichte Artillerie – die beste der Welt – im Galopp auf und eröffnete das Feuer... Er zweifelte nicht, daß ihm selbst im Kriegsfalle noch eine schöne Rolle vorbehalten war. Im übrigen vertiefte er sich nicht weiter in solche Vorstellungen. Nun er reiste, genoß er das Reisen, mit allem, was selbst das stundenlange Sitzen auf einer Polsterbank noch an Reizen bieten mochte, bis zum rhythmischen Gestampf der Räder, das wie Gesang war.

Nach dem Mittagessen war er in der Atmosphäre

von Kohle und Sonnenstaub, der in einem schiefen Strahl vor ihm flimmerte, halb eingeschlummert. Während er alles um sich, wie vor einem Augenblick noch, wahrzunehmen glaubte, schlief er fast. Er sah ein hügeliges Seeufer mit Häusern und Gärten, das sich langsam entfernte. Ein blaugrüner See verbreiterte sich, goldgelbes Licht lag sanft über ihm und zitterte. Man sah nicht, woher es kam, keinen Himmel... Dann stand alles still, wie in Ruhe erfroren, war ringsumher leer und lautlos und spiegelte Ruhe und Ferne, lustvoll beängstigend... Und wie das Auge überwältigt blinzelte und in Angst vor dem Abschied die Erscheinung festhielt, war das Licht, heiteres Lebewesen, noch tiefer herabgesunken und hielt See und Ufer selig umfangen, daß Herz und Auge die Lust kaum ertragen konnten. Der da stand und es sah, wußte, daß es nicht «Verboten» war, und war doch tränenbeschwert und schuldig... Ein langgezogener heller Ton erklang anschwellend immer näher... «Schöne Welt!» flüsterte Zenobi aufschluchzend, wiederholte noch einmal: «Schöne Welt!» und fuhr heftig aus dem Schlafe auf. War es nicht Annie, die er gesehen hatte?... Er fühlte sein Gesicht naß werden und war sehr verstört.

Der Zug, der kurz auf einer Station gehalten hatte, setzte sich eben wieder in Bewegung. Der zurückweichende, weinübersponnene Bahnsteig, eine Frau mit einem Kind neben dem Zug hergehend und mit Taschentüchern winkend, der gebückte Postbote, der träge seinen gelben Karren schob, verscheuchten im Nu das Traumbild, und Zenobi war verwundert über eine tiefe Ergriffenheit, die in ihm nachzitterte. Was war es doch mit Annie? Man hörte nichts von ihr. Er dachte plötzlich an Regine, an ihre traurig lächelnden Augen beim Abschied. Es war von einer gemeinsamen Reise die Rede gewesen, und diese Sommerwochen waren dafür ausersehen. Nun hatten die Umstände es anders gefügt, und er fuhr allein. Ob er wohl Mariannen noch einmal begegnen würde oder Helenen?... Doch wenn er die Augen schloß, war es Annies heller Kopf, der emportauchte. Wie würde es nun werden? Um seine Sicherheit sorgte er sich nicht viel. Er war für einige Zeit mit Mitteln gut versehen, und später... Wie ihn der Zug immer weiter der Stadt und seinem Leben bisher entführte, war Rückkehr und Später in eine Ferne gerückt, die bei der Unsicherheit der Zeit noch jede Überraschung in sich bergen konnte. Wie groß war die Welt und wie undurchdringlich! Und er schwamm recht wie ein Korken obendrauf. Was lebte in diesen dichten Wäldern, hinter jenen grünen Kuppen? Wie leer war es, wenn man sich von den Städten entfernte, wie gestorben die Siedlungen in der fahlen Dämmerung... Er wickelte sich fester in seine weiche Decke. Es mußte auch für ihn ein Irgendwo geben...

Als die Lampen angezündet wurden, wich die Trübe von ihm. Man näherte sich der Station, von der die Zweigbahn ihn an sein Ziel, einen tiefer in den Bergen gelegenen hübschen Kurort bringen sollte. Er ordnete seine Sachen, machte sich zum Aussteigen fertig und wurde darüber wieder heiter. Es gab hier längeren Aufenthalt. Wie er nun unter dem hellen Abendhimmel, an dem vereinzelt Sterne auftauchten, draußen stand, den frischen, nach Holzrauch riechenden Wind atmete, und die ansteigende Lichterkette der fremden kleinen Stadt über dem Fluß still zu ihm herüberblinkte, beschloß er plötzlich, die Fahrt heute nicht mehr fortzusetzen und in dem Ort zu übernachten.

Er beschritt eine von den Bahnlichtern schwach erhellte Allee kugeliger Bäume, die in scharfer Biegung an offenem Wiesenland vorbei zum Fluß führte, und blickte, tief Atem holend, in das weite, dunstige Tal zwischen den mächtigen schwarzen Bergrücken. Stille und Abendduft umfingen ihn. Er blieb gemächlich am Geländer der hallenden Holzbrücke stehen und sah die Lichter tanzen über dem breiten, schnell fließenden Wasser.

Durch eine steil ansteigende, gewundene und hochgieblige Gasse erreichte er bald einen unregelmäßigen, hell beleuchteten Platz mit einem alten gotischen Brunnen, an dem auch der Gasthof lag, der ihm an der Bahn genannt worden war. Ein freundlicher Wirt führte ihn in ein holzgetäfeltes Zimmer mit altmodischen Möbeln, öffnete eine hohe Balkontür und erkundigte sich nach seinen Wünschen. Es gefiel ihm hier. Von dem abendlichen Gang im Freien erfrischt, hielt er sich nicht lange im Zimmer auf und begab sich nach unten. Den Meldezettel, der ihm zum Ausfüllen hingelegt worden war, ließ er achtlos liegen. Einige Tische waren in dem niedrigen, langen Saal noch von Gästen besetzt, auf der efeuumsponnenen, einige Stufen über dem Marktplatz erhöhten Veranda tranken junge Jägeroffiziere der nahen Garnison auf Krieg und Sieg.

Während Zenobi noch drinnen beim Abendessen saß, drangen durch die offene Tür gellende Schreie, von Schreckensrufen gefolgt, vom Platz herein. Alles stürzte hinaus, Zenobi unter den ersten. Menschen liefen auch aus den umliegenden Häusern zusammen und drängten zum Brunnen. An seiner untersten Stufe lag, das Gesicht mit beiden Händen bedeckt, am Boden eine Frau, ein Mädchen. Das aufgelöste Haar war ihr vornübergefallen, das querverzogene Tuch von der bloßen Schulter unter den nackten Arm gerutscht. Ihr ganzer Körper wurde von wildem Schluchzen erschüttert. Man versuchte, sie aufzurichten, doch die Hände an das Gesicht gepreßt, wehrte sie sich verzweifelt und schrie. Sie war halbnackt, in einem kurzen zerrissenen Rock und feinen, verstaubten Schuhen. Der eine Unterarm war verletzt und blutete. Jemand brachte einen Mantel, in den sie eingehüllt und auf die Stufen gesetzt wurde.

Zenobi drängte ungestüm hinzu. Er war ganz aufgewühlt. Warum mußte er jetzt wieder an Annie denken... Er fragte hastig, was ihr zugestoßen sei, woher sie käme. Doch sie hielt den eingezogenen Kopf vom Licht weggewendet und zitterte nur. Sie trank das ihr dargereichte Wasser, hüllte sich fester ein und brach wieder in Weinen aus. Das braune, magere Gesicht kindlich tränenüberströmt, die Augen wie in Scham geschlossen, wiegte sie unter leisen Klagelauten den Oberkörper hin und her. Zenobi, der sich um sie bemühte, sah mit Erstaunen, wie der Menschenknäuel, kaum daß die erste Neugierde befriedigt schien, sich rasch lockerte, wie die meisten, ohne eine Aufklärung abzuwarten, achselzuckend sich entfernten. Und einzelne Zurufe und Redewendungen, die er hörte, ließen erkennen, daß die Ortsansässigen den Vorfall offenbar zu deuten wußten und sich darauf beschränkten, ein Wort des Bedauerns oder ein finsteres Brummen von sich zu geben, wie es Menschen tun, die einem Übel, das sie kennen, nicht abzuhelfen wissen. Eine herbeigeeilte Klosterschwester und einige Frauen hoben die Zusammengesunkene auf und führten sie fort.

Zenobi kehrte mit den anderen in die Gaststube zurück. Jetzt wurde es am Tisch lebhaft. «Es ist eine vom Schlößl droben», sagte ein junger Bursche, der seine Pfeife rauchend in der Nähe saß. «Der mit seiner Weiberwirtschaft dort... Einmal fährt er sie vierspännig spazieren, und ein andermal jagt er sie mit der Hundepeitsche bei Nacht aus dem Haus! Wie es ihm gerade paßt, dem schwarzen Teufel!»

Zenobi erfuhr mehr. Er sei ein Herr ungarischer oder kroatischer Abstammung, – Nadar heiße er – der das Schlößl, eine ansehnliche Besitzung, und eine Jagd in der Nähe habe. Er hause dort wie ein Wilder und sei von allen gemieden. Er bleibe nur einige Monate im Jahr da, und stets gebe es Skandal. Er treibe es zu arg mit den Weibern...

Doch seitdem die junge Person, eben die, die er in diesem Zustand gesehen habe, bei ihm war, sei es eine Zeitlang ruhig gewesen. Es hieß, sie sei eine entfernte Verwandte und er wolle sie heiraten. Vor einigen Tagen aber sei eine andere angekommen, die man im Ort nicht kannte, und nun habe er die Arme da so zugerichtet. So sei er eben, der Mann!

Zenobi hörte mit steigender Erregung zu. Er schlug plötzlich auf den Tisch. Ja, sei denn niemand hier, der dem Burschen das Handwerk legt? – Erstaunte Blicke, spöttische Zurufe ... Man sehe, er sei ein Fremder! Er kenne den Mann nicht. Es mag niemand seine Haut zu Markte tragen.

Zenobi sprang auf, nahm Hut und Stock und fragte, ob ihm nicht einer jetzt gleich einen Wagen verschaffen könne, der ihn nach dem Schlößl brächte. Ein Wagen, wurde ihm erwidert, sei gar nicht nötig. Es schien nicht fünfhundert Schritte den Berg hinan. Zenobi knöpfte seine Handschuhe zu, sah herausfordernd um sich:

«Dann ist einer von Ihnen vielleicht so freundlich, mir den Weg zu zeigen?» fragte er. Ein verlegenes Schweigen entstand. Einige lachten.

«Ich kann den Herrn schon hinführen», sagte der Bursche. Auch der Wirt war dazugetreten.

«Ich möchte Sie warnen», sagte er höflich, «keine Unbesonnenheit zu begehen. Der Mensch ist gewalttätig, und jetzt in der Nacht...» Auch andere rieten beflissen ab. Er könne schlimme Dinge gewärtigen.

«Gehen wir», rief Zenobi ungeduldig.

Erregtes Geflüster erhob sich. Auch Bravorufe wurden laut. Viele standen auf, gingen zögernd mit hinaus. Der Bursche langsam voran, begannen sie eine enge Gasse seitlich vom Gasthof hinaufzusteigen. Auf dem Platze regte es sich. Man rief sich die Neuigkeit zu... Immer mehr Neugierige schlossen sich an, so daß, als man die hochgelegene freie Straße erreichte, an die zwanzig Personen sich angesammelt hatten, die in einiger Entfernung von den Vorangehenden sich hielten und laut ihre Vermutungen austauschten. Zenobi schritt hochaufgerichtet und schweigend neben seinem Führer. Der Mond war aus einem Sattel der gegenüberliegenden Bergwand emporgestiegen, und in seinem von Dunst und flockigen Wolkenbänken gedämpften Licht erreichten sie einen breiten Weg, der am Rande des Hochwaldes ansteigend die Berglehne umzog. Sie waren nicht mehr weit. Kurz bevor der Weg in den Wald hineinbog, warf das Schlößl seinen Schatten über ihn. Mit seinem hohen Dach, über dem ein zwiebelartiger Turm ragte, stand es in einem jähen Winkel wie eine Sperre zum Weg, von dem einige Stufen zur Gitterpforte hinaufführten. Zenobi sprang mit einem Satz hinauf. Die Pforte war offen. Er durchschritt einen verwachsenen Pfad zu der breiten Tür, fand einen eisernen Glockenzug, an dem er riß, hörte aber keine Glocke. Er wartete. Er trat zurück und sah zum Haus hinauf, von dem ein Teil im Mondlicht war. Mit seiner ganzen hohen Front, die Fensterläden geschlossen, stand es dunkel da, kein Laut ließ sich vernehmen.

Zenobi war wie im Fieber. Er riß wieder am Glockenzug, wartete aber nicht länger, sondern trommelte mit heftigen Schlägen seines Stockes unausgesetzt an die geschlossene Tür. Er sprang zurück und begann wieder. Er ließ nicht nach, und sein langer Schatten tanzte gespenstisch über den Kies. Einige Minuten vergingen, da schlug mit heftigem Prall ein Laden an die Mauer, ein Kopf beugte sich aus dem Fenster des ersten Stockwerkes über ihm, schrie: «Achtung da!» Und unmittelbar darauf krachten zwei Gewehrschüsse hintereinander über seinen Kopf hinweg. Die Neugierigen, die am Waldrand sich zusammengedrängt hatten, stoben fluchend auseinander.

«Kusch dort, Gesindel!» brüllte es aus dem Fenster. «Und Sie...» – Zenobi war zurückgetreten und sah hinauf –

«Wer sind Sie, was wollen Sie?»

«Schießen Sie nur weiter aus dem Dunkel», rief Zenobi mit erhobener Stimme, «wenn Sie den Mut nicht haben, sich einem ehrenhaften Mann zu stellen.»

«Oho!» klang es höhnisch zurück. Das Fenster klirrte, schneller als Zenobi denken konnte, erdröhnte schon der Gang drinnen, wurde die Tür aufgerissen, und in dem Licht, das plötzlich über ihr aufflammte, trat ungestüm ein untersetzter, schwarzbärtiger Mann in einer Jägerjoppe heraus. «Hier bin ich, mein ehrenwerter Herr! Was wünschen Sie von mir?» Er stand breitbeinig, mit

gesenktem Kopf da, wie ein Stier, bereit zuzustoßen und sah lauernd zu Zenobi auf.
«Nicht hier draußen», begann Zenobi und machte einen Schritt auf die Tür zu. «Bitte...»
Der Schwarze vertrat ihm den Weg.
«In mein Haus kommt, wen ich dazu einlade», knurrte er verbissen. «Ich habe niemand gebeten! Nochmals, was wollen Sie?»
Die Leute hatten sich wieder genähert und umdrängten das Gitter.
«Hier, diese Männer», rief Zenobi, «sind Zeugen Ihrer letzten Gemeinheit... Rechtfertigen sollen Sie sich!» rief er in ausbrechendem Zorn. «Das ist, was ich wünsche!»
Drohende Zurufe wurden laut.
«Ein Ritter, wahrhaftig ein Ritter», höhnte der Schwarzbärtige, «und wie vom Himmel gefallen... Was hindert mich, Sie von meinen Knechten durchprügeln zu lassen?... Dachten Sie ein Gottesgericht hier aufzuführen, Sie Narr?»
«Genug», schrie Zenobi. «Ihre Schandtat sollen Sie büßen. Sie werden morgen von mir hören!»
«Mit Vergnügen», gab der andere mit einer zynischen Gebärde zurück. Einen Augenblick sah er dem hastig sich Entfernenden nach, ballte die Faust, zischte: «Marsch fort, Pack!» und ging ins Haus.
Das Licht über der Tür erlosch.

Epilog

Nach diesem sonderbaren Auftritt am Waldweg über der schlafenden, kleinen Stadt entweicht Gestalt und Schicksal Zenobis ins Dunkle und Ungewisse. Der weitere Bericht ist auf Zeugnisse und Äußerungen angewiesen, von denen nur wenige authentische Prägung haben. Die Geschehnisse der folgenden Tage überstürzen sich und stürzen mit ihren Teilnehmern in den Schlund, der alle Ereignisse der Zeit verschlungen hat – in die große Nacht und Flamme des Krieges.

Marianne von Stauff, die als Krankenpflegerin an der Front sich das Verdienstkreuz erworben und später einem Offizierslazarett im Innern des Landes vorstand, hatte eine Zeitlang einige Offiziere des Jägerregiments in Pflege, dessen Garnison nicht weit von der kleinen Stadt lag, in der Zenobi damals eingekehrt war. Einer von ihnen, ein Jägerhauptmann, durch den Namen der Dame aufmerksam gemacht, wandte sich einmal an sie mit der Frage, ob sie etwas über das Schicksal eines Barons von Stauff wisse, vermutlich ihres Verwandten, dessen Bekanntschaft er auf eine sonderbare Weise, einige Tage bevor er ins Feld rückte, gemacht hatte. Marianne von Stauff, durch diese Frage beunruhigt und ungewiß, wie sie sich zu verhalten habe, gab eine unbestimmte Antwort, setzte sich aber freundlich an den Streckstuhl des Genesenden und verlangte die näheren Umstände zu hören. Der Hauptmann erzählte:

«An einem der letzten Julitage, am frühen Vormittag, erschien ein Mann in der Kaserne und verlangte von der Torwache, ihn zu einem der Herren Offiziere zu führen. Da ich mich gerade auf dem Hofe befand, wies ihn die Wache zögernd an mich. Mißtrauisch, wie man damals mit Recht war, sah ich mir den Mann genau an. Er trug einen englischen Sportanzug von bestem Schnitt und hatte auf dem Hut einen kostbaren Gamsbart. Die Erscheinung war sehr distinguiert, das Gesicht so, daß ich meinte, es schon einmal gesehen zu haben oder von einem Bild her zu kennen. Man hätte auf einen Diplomaten oder höheren Militär geraten. In verbindlichster Weise stellte er sich als Baron von Stauff vor. Es sei wohl ungewöhnlich, was ihn herführe, aber fremd wie er hier sei, habe er leider keine andere Wahl. Kurz, er bat um meinen Beistand in einem Ehrenhandel mit einem Herrn der Nachbarschaft. Ich gestehe, ich war nicht sehr angenehm berührt, als ich den Namen des Partners hörte. Es schien mir sonderbar, wie er an den nur geraten war. Denn das war ein recht wüster Herr, auch gesellschaftlich kaum einwandfrei, man konnte nicht einmal wissen, ob er sich den geforderten Formen in solchem Fall fügen würde. Doch konnte ich es dem noblen Mann unmöglich abschlagen, wenigstens die ersten Schritte zu tun, ohne ihn in Verlegenheit zu bringen. Ich nahm also einen meiner Leutnants mit, den braven Lechner – er ist bei Kowel gefallen – und überbrachte dem Herrn die Forderung. Er nahm es in besserer Haltung auf, als wir erwartet hatten, erklärte aber, er sei überfallen worden, er sei der Beleidigte, und ihm stehe die Wahl der Waffen zu. Da uns der Baron instruiert hatte, keinerlei Schwierigkeiten zu machen und die Vorbereitungen zu beeilen, gaben wir das unter Vorbehalt zu. Wir kannten ja den Sachverhalt nicht. Als wir schon gingen, konnte aber der Herr die hämische Bemerkung nicht unterdrücken, ob wir ihm vielleicht sagen könnten, wer eigentlich der vom Himmel gefallene Ritter sei – ja, so drückte er sich aus – und was ihn hergeführt habe, – er habe ihn in seinem Leben nie gesehen. Ich verwies ihm natürlich solche Ungehörigkeit. Unterwegs nachher waren wir auf einmal schweigsam, und

Lechner sagte: ‹Mir gefällt die Geschichte nicht, du wirst sehen, es geht bös aus!› – Nun, sehen Sie, Gnädigste! Jetzt haben wir uns ja dran gewöhnt, daß sogar auf einen einzelnen Mann mit Kanonen geschossen wird oder daß eine ganze Ortschaft mit allem darin rasiert wird, wegen nichts. Das ist es ja auch, was den Krieg so verpöbelt hat, damals aber dachte man noch nicht so phantasielos und blutrünstig. Ein Zweikampf mit Feuerwaffen unter schweren Bedingungen kommt vor, aber da wissen die Leute auch, warum sie dieses Spiel auf Tod und Leben spielen. In dem Fall aber kannte man sich nicht aus. Es war alles so mysteriös, und fragen, das ging natürlich auch nicht... Es war also für den nächsten Tag abgemacht. Wir leisteten dem Baron am Abend noch Gesellschaft, da wir wußten, daß er allein war. Mir ist alles noch genau in Erinnerung, weil der Herr, wie soll ich sagen, gar so merkwürdig war... Vornehm, tadellose Haltung, aber schon zuviel Haltung fast. Wer wird nicht ein wenig nervös sein oder zerstreut, aber nicht einmal das erlaubte er sich. Als hätte er einem eine Lektion erteilen wollen, wie man sich am Abend vor einem schweren Zweikampf zu benehmen habe. ‹Großartig, aber übertrieben›, sagte Lechner nachher. Ich will nicht sagen, daß es Absicht gewesen ist, – nein, diesen Eindruck hatte man durchaus nicht... Was hätte das auch für einen Sinn?...

Wir nahmen an, daß er gedienter Offizier war, und das wird er ja auch gewesen sein. Er nannte beiläufig ein Regiment, und wir, um ihn abzulenken, begannen von Dienstverhältnissen, von Bekannten zu reden. Aber nein, er wollte uns unterhalten und erzählte von seinen Reisen in Dalmatien, sehr anschaulich und lebhaft ... und von Ragusa –»
«Von Ragusa?» fragte Marianne von Stauff unwillkürlich. «Ja, wenn ich mich recht erinnere... Und so war er auch am nächsten Morgen. Vielleicht ein wenig blaß, aber wenn man so früh aufsteht und nicht gut geschlafen hat... Wir hatten ihm am Tage vorher natürlich angeboten, sich auf unserem Stande einzuschießen, aber er zeigte dabei keinen besonderen Eifer, feuerte nur zwei, drei Schüsse ab und ließ es dann sein. Also, mit dem Schießen, das war nichts, – das habe ich gleich gesehen... Und richtig: Zuerst schoß der Gegner, sehr knapp vorbei, darauf der Baron. Er feuerte hastig, mit gebogenem Arm, ohne zu zielen und war sehr erschrocken, als er den anderen getroffen sah. Er ließ die Waffe fallen und wollte auf ihn zueilen. Doch der wüste Mensch, obgleich am Bein verwundet, wankte nur kurz, riß sich zusammen, hob die Waffe und schrie: ‹Bleiben Sie stehen!› – Das war nicht ganz fair, aber wir hatten kaum Zeit dem Baron, der schon einen Schritt gemacht hatte, zuzurufen, daß er

sich decke, – er stand da, wie auf dem Theater – da fiel schon der Schuß und traf ihn...»
«Tot?» fragte Marianne.
«Beruhigen Sie sich, Gnädigste, und entschuldigen Sie... Ich wollte Ihnen keine unnötige Emotion verursachen... Eben das weiß ich nicht, darum habe ich mir ja erlaubt, Sie zu fragen! – Die Verwundung war schwer. Unser Arzt ließ ihn unter einem Vorwand in das Garnisonspital bringen, und als wir abrückten, war er noch in bedenklichem Zustande. Vom Feld aus habe ich mich dann noch erkundigt, ich konnte aber nichts erfahren. Der Arzt war fort, das Spital war evakuiert und zur Aufnahme der vielen Verwundetentransporte aus dem Feld eingerichtet und vergrößert worden. Ein Todesfall wäre jedenfalls bekannt gewesen, sage ich mir...»
Marianne, die schon lange nicht mehr im Zweifel war, dankte dem Offizier.
«Von diesem Vetter», sagte sie, und es gelang ihr, ihre Erregung niederzuhalten, «war bei uns viel die Rede. Er lebte meist im Ausland, und ich habe ihn nur flüchtig gekannt... Wußte man auch nicht, was der Grund zu der Herausforderung war? Eine Frau?... Sie meinen, nicht?... Nun, dank Ihnen können wir jetzt die Nachforschungen fortsetzen, hoffentlich mit besserem Erfolg.»
Die Erzählung des Hauptmanns hatte sie, die so

vieles gesehen und erlebt hatte, erschüttert und wirkte in ihr nach. Doch nicht allein aus Gefühlsgründen trieb es sie, die Nachforschungen aufzunehmen, es war ihr auch nicht gleichgültig, ob noch jemand ihres Namens, dessen sie sich früher nach Bedarf bediente und der durch ihre verdienstvolle Tätigkeit im Feld gleichsam sanktioniert worden war, in der Welt herumlief. Es hatte zwar etwas Rührendes, daß Zenobi, dessen wirklichen Namen sie nicht kannte, in jenem Zweikampf ihren Namen zu Ehren brachte. Aber man konnte nicht wissen, ob, wenn er noch lebte, das nicht zu Unzuträglichkeiten und Verwicklungen führte. Es war ein sehr zwiespältiges Gefühl in dieser erfahrenen und in ihren Entscheidungen sonst so sicheren Frau. Sie suchte sich jedenfalls Gewißheit zu verschaffen. Nach Beendigung des Krieges fuhr sie nach der kleinen Bergstadt, die ihr der Hauptmann bezeichnet und in welcher Zenobi an jenem Sommerabend seine Reise zu unterbrechen sich entschlossen hatte, und stieg in dem gleichen Gasthof ab. Ihre Erkundigungen waren bisher ergebnislos geblieben, und auch was der Wirt wußte, der noch der gleiche war, war bereits eine Art Legende, in der auch die Tatsachen, die sie kannte, verzerrt und verschoben erschienen. Doch als sie nach ihrer Gewohnheit im Fremdenbuch blätterte, fand sie eine nur wenige Monate zurückliegende Eintragung, die sie fast erschreckte. In der Rubrik für Bemerkungen hatte jemand neben seinen Namen mit sehr deutlicher kalligraphischer Schrift hingeschrieben: «Wer zweckdienliche Mitteilungen zur Auffindung des verschollenen Barons von Stauff machen kann, wende sich an Dr. Meerengel. Allfällige Kosten werden zurückerstattet.» – Als Adresse war ein Gut in Mähren angegeben. – Meerengel!... Marianne mußte über den Namen lächeln. Sie beschloß, diesem einzigen Fingerzeig zu folgen.

An einem grauen Spätherbsttage erreichte sie nach einer langen, durch viele Aufenthalte sich hindehnenden Fahrt in der melancholischen Ebene am Nachmittag den Gutshof. Als sie in das niedrige, weiträumige Zimmer eintrat, in welches sie eine schweigsame alte Frau mit einem bunten Kopftuch geleitet hatte, war es fast dunkel. Aus einer entfernten, von einer hohen Stehlampe schwach erhellten Ecke näherte sich ihr, am Stock schwerfällig hinkend, ein Mann in einem weiten kuttenartigen Gewande. Sie hatte nicht geschrieben und nur sagen lassen, eine Dame wünsche ihn zu sprechen. Jetzt nannte sie ihren Namen.

In Meerengels Kopf erhob sich darüber ein solcher Wirbel, daß es ihn schwindlig machte.

«So habe ich das Glück... die Witwe... die Frau... meines verehrten Freundes vor mir zu sehen?» begann er ganz verwirrt und hob die Hand an die Stirn. «Bringen Sie Nachricht von ihm?... Ja, wie ist das denn?... Oh, verzeihen Sie mir meine Unhöflichkeit, daß ich Sie stehen lasse!»

Er geleitete sie zu einem Sessel und starrte sie noch immer fassungslos an.

Sie schüttelte langsam den Kopf, lächelte, gab aber keine Aufklärung. Der Vorwand, den sie sich zurechtgelegt hatte, war hier überflüssig – das sah sie auf den ersten Blick. Nein, sie sei nur im Verlauf ihrer eigenen Nachforschungen in jener kleinen Stadt auf seine Eintragung gestoßen und in der Erwartung gekommen, von ihm etwas zu erfahren...

Meerengel brachte stillschweigend eine große Mappe herbei, setzte sich an den Tisch und begann mit gewohnter Umständlichkeit und etwas konfus seinen Bericht:

Ein Brief Zenobis, offenbar am Tage vor jenem Zweikampf geschrieben, enthielt nur die kurze und seltsame Mitteilung, wenn er – Meerengel – innerhalb einer Woche nichts von ihm höre, möge er hinkommen und im Gasthof nach ihm fragen. Dann stand noch allerlei darin, was nicht leicht zu erklären war. Das hatte ihn begreiflicherweise beunruhigt, und er hatte beschlossen, schon früher zu reisen. Indessen war die Mobilisierung plötzlich gekommen und der Krieg und seine eigene Einberufung. Den ersten Urlaub, allerdings Monate danach, hatte er benutzt, um hinzureisen. Man sprach von einem Unfall, von einer Schießerei in der Nacht, wußte noch, daß der Schwerkranke aus dem Militärspital nach der nächsten großen Stadt gebracht worden war. Er konnte aber seine Nachforschungen damals nicht mehr fortsetzen, da sein Urlaub ablief. Er selbst war dann verwundet worden und hatte lange im Lazarett gelegen. Erst nach seiner Entlassung, und mit einigem System erst nach Ende des Krieges, konnte er durch öffentliche Ausschreibungen und durch Laufzettel bei den Sanitätsbehörden die Spur weiter verfolgen. An einer Stelle aber, in dem vierten Krankenhaus jener Gegend, riß der Faden ab, tauchte scheinbar an einer anderen Stelle wieder auf, ohne daß man sich Gewißheit verschaffen könnte…

Er breitete amtliche Auskünfte, Briefe, Zeitungsausschnitte vor ihr auf dem Tisch aus, las, erläuterte, versank mitten in seiner nicht immer klaren Darstellung zuweilen in tiefe Zerstreutheit, saß mit einem erstarrten höflichen Lächeln da. Dann kam Licht in seine blassen Augen.

«Und doch», begann er wieder, wie aus dem Schlaf auffahrend, «ein Mann wie er kann nicht untergegangen sein. Ich kann es nicht glauben!… Die Zeit braucht ihn. Ein russischer Heimkehrer erzählte mir von einem Brigadier der roten Armee, unter dem er gedient hat. Einzelheiten sind auffallend. Er könnte es sein!... Und hier in der Nähe sprachen sie viel von einem älteren Manne, der mit jungen Schwärmern durch die Wälder zieht, nachts mit ihnen am Feuer sitzt, sie Tänze lehrt und ihnen Reden hält... Auch das könnte er sein!... Ich komme nicht viel hinaus. Die Leute schreiben mir Briefe, die oft Unsinn enthalten und einen verwirren... Und doch meine ich, er könnte plötzlich durch diese Tür da eintreten, so wie Sie heute, gnädige Frau!» schloß er mit einer Verbeugung.

Marianne von Stauff saß im hellen Kreis der Lampe, und ihr Gesicht verjüngte sich, je mehr der Abend vorrückte. Sie blieb noch lange und ließ sich von Zenobi erzählen.

Nachwort

In ihre einunddreißigste Veröffentlichung, die die Deutsche Akademie für Sprache und Dichtung im Jahre 1963 unter dem Titel «Zum Verständnis des Geistigen» diesem Manne gewidmet hat, hat sie vorne hinein ein Porträtbild kleben lassen, das ihn darstellt, diesen Unbekannten mit dem Namen Efraim Frisch. Er hat sehr große dunkle Augen, mit zwei kleinen hellen Flecken darin, vermutlich sind das Reflexe der hellen Lampen im Atelier des Photographen; die Augen selber schauen in die Kamera, schauen mich an, schauen durch mich hindurch, oder schauen überhaupt nicht und träumen nur, oder täuschen ein Schauen oder ein Träumen überhaupt nur vor und posieren bloß. Die Lider überdecken ein wenig die Pupillen, eine ausgeprägte Lidfalte zieht sich von der Schläfe bis in die Mitte des Brauenbogens hinein, die Brauen sind dicht und scheinen außen ein wenig mehr nach oben gewölbt, als sie das vielleicht ohne den Beschauer wären. Darüber eine sehr hohe Stirn mit allzu hellen Lichtreflexen, der Haaransatz liegt hinter der Wölbung zum Schädeldach, das Haar scheint kurz geschnitten und ist unauffällig. Die Nase, gleich unter den Brauen im Bogen nach vorn springend mit viel Licht auf der Mitte, wirft einen großen Schatten auf die linke Gesichtshälfte; der rechte Nasenflügel ist weit gewölbt. Der Mund ist groß, scheint ein wenig nach links verzogen, aber das kann an dem vielen Licht und Schatten liegen. Auf der Oberlippe unter der Nase ist das senkrechte kleine Oval voller Schatten, die Unterlippe ist noch voller als die Oberlippe, das Kinn darunter fast fleischig, sehr deutlich kommt aus ihm über einer waagrechten Kerbe der Mund nach vorn. Ohr, Hals, Hemdkragen, Schlips und Anzugkragen liegen teils nicht ganz im richtigen Licht, teils nicht im Brennweitenbereich der Kamera. Am meisten in beiden liegen Augen und Mund.

Das Gesicht scheint sprechen zu wollen; man weiß aber nicht, wovon. Es könnte so gut einem gebildeten Juristen gehören wie dem Ideologen irgendeiner und tatsächlich irgendeiner geistigen Idee oder Bewegung. Sein Alter ist schwer bestimmbar; dreißig vielleicht, vielleicht aber auch vierzig oder knapp darüber; zu dem Täuschenden, das ältere gestellte Photos oft an sich haben, kommt der Unterschied der Generationen hinzu: dieses Gesicht ist in andern Zeiten gereift als den harmlos gedeihlichen, die wir jetzt haben in Deutschland. Aber das sage jetzt eher ich, wenn ich in dieses Gesicht sehe wie in einen Spiegel; das Gesicht selber sagt fast nichts.

Die Dichterhandbücher und Nachschlagewerke unsrer mit ihrem Wissen und mit sich selber im ganzen sehr zufriedenen Zeit sagen über Efraim Frisch auch nichts. Sie führen ihn einfach nicht, und nicht aus böser Absicht natürlich. 1959 hat Karl Otten bei Cotta unter dem Titel «Das leere Haus» einen Sechshundertseitenband mit Prosa jüdischer Dichter veröffentlicht, in alphabetischer Reihenfolge sind das Paul Adler, Ernst Blass, Albert Ehrenstein, Efraim Frisch, Gertrud Kolmar, Paul Kornfeld, Simon Kronberg und Ernst Weiss. Drei von ihnen hat Wilpert auch nicht in der neuen Auflage seines «Lexikons der Weltliteratur», darunter Frisch, und Wilpert ist nur ein Beispiel, wenn auch das wichtigste. Nun haben die meisten Dichterhandbücherherausgeber eine gewisse Scheu vor Essayisten, und Frisch war ein Essayist, und als einen solchen stellt ihn auch die Darmstädter Akademie in der erwähnten Veröffentlichung heraus; aber Karl Otten hatte vier Jahre vorher nicht bloß Paul Adler und Simon Kronberg als Dichter vorgestellt (ich nenne die beiden, weil auch sie bei Wilpert fehlen), sondern sehr ausführlich, nämlich auf einhundertfünfzig Seiten, auch Efraim Frisch, und zwar mit einem ganzen Roman, unserm, seinem «Zenobi» – je weiter man der Sache nachgeht und nachdenkt, desto unverständlicher und rätselhafter wird sie. Und wie gesagt: die Zeiten der bösen Absichten sind wirklich vorbei; aber ein wenig scheint dies der Fluch der gewesenen bösen Absichten zu sein: mit ihnen verschwinden immer auch welche von denen, denen sie galten.

Und dann folgt auch immer die Farce, hier am Rande nur: als ich in der Tübinger Universitätsbibliothek nach dem «Zenobi» suchte, fand ich ihn nicht; ich fand Frisch, das schon, aber nicht den «Zenobi». Dann fand ich Otten, fand diese Prosa jüdischer Dichter, fand darin den «Zenobi»; ging mit Ottens «Zenobi» in der Hand zur Bibliotheksverwaltung und machte den Vorschlag, im Katalog bei Frisch eine Karte unterzubringen mit dem Hinweis darauf, seinen «Zenobi» finde man eben bei Otten. Nein, sagten sie mir daraufhin, das gehe nicht, bei Otten handle es sich um eine Anthologie, da könne ja jeder kommen, wenn er irgendwas in einer Anthologie untergebracht habe, und eine Karte für sich verlangen. Auch das war natürlich keine böse Absicht, und es wird sich jetzt ja auch ändern.

Efraim Frisch wurde im Jahre 1873 (am 1. März) in Stryj geboren, im damaligen Galizien, ganz am Rand des deutschsprachigen österreich-ungarischen Kaiserreichs; Stryj hatte damals ungefähr

10000 Einwohner, heute hat es ungefähr 60000, und man findet es als Stry oder Stryy am westlichen Rand der russischen Ukraine. Frisch besuchte das Gymnasium in Brody (das sich auch heute noch so schreibt), machte 1894 das Abitur und ging, gegen den Willen seines Vaters (der wohl einen Rabbiner aus ihm machen wollte) anschließend zum Studieren nach Wien. Er begann mit Jura, studierte in Berlin dann aber Philosophie und Kunst- und Literaturgeschichte. 1900, am Schluß seines Studiums, hörte er in Kiel noch Vorlesungen über Nationalökonomie (diese biographischen Daten entnehme ich Guy Sterns Vorwort in der angeführten Veröffentlichung der Darmstädter Akademie; Stern übrigens hat Adolf Frisé Einsicht in den Briefwechsel zwischen Frisch und Robert Musil gegeben, Frisé vermerkt das im Anhang zu seiner Musil-Edition – das sind so Lebensspuren: aber wer liest schon Anhänge, und dann noch bei Musil?).

Frisch ging dann nach Berlin zurück, veröffentlichte sogleich, mit einem Vorabdruck in der «Vossischen Zeitung», einen Roman, «Das Verlöbnis», lektorierte für die Verlage Cassirer, Fischer und Felix Bloch Erben (sehr renommierte Firmen allesamt, Frisch war durchaus nicht irgendwer), schrieb Theaterkritiken und heiratete. 1904 engagierte Max Reinhardt ihn als Dramaturgen. Offenbar nicht ganz im Frieden mit sich

und Reinhardt schied Frisch dort nach fünf Jahren wieder aus und trat eine Stelle als Lektor beim Georg-Müller-Verlag an (Verlagsautoren dieser Jahre waren etwa Döblin, Ehrenstein, Hiller, Musil, Bierbaum, Hesse).
Ganz entfaltete er sich in München aber dann, als er von 1914 bis 1916 und wieder von 1919 bis 1925 die Zeitschrift «Neuer Merkur» herausgab (von Mitte 1915 an diente er als Sanitäter). Guy Stern zitiert eine Menge berühmter Zeitgenossen, die sich bewundernd über Frisch und seinen «Neuen Merkur» aussprechen. Die Lobreden klingen nicht immer sehr spontan und zuweilen wie Pflichtübungen von Überlebenden, wenn sie sich auf Anforderung derer erinnern, denen sie an Deck begegnet waren, ehe das Schiff dann unterging; in der Sache zeigt aber ein Blick in die Hefte des «Neuen Merkur», daß jedes Lob berechtigt ist. In den zwanziger Jahren, so berichten viele, habe man mittags in der Schwabinger Redaktion dieser Zeitschrift immer Tee trinken und mit jedermann reden und diskutieren können; oft sei etwa Heinrich Mann anzutreffen gewesen.
Stern merkt bedauernd an, daß Frischs herausgeberische Tätigkeit wohl nicht sehr förderlich gewesen sei für die eigene schriftstellerische Arbeit, er verweist da mit Recht auf die Bibliographie im Anhang der Darmstädter Veröffentlichung. Als Leser der von Stern edierten Essays von Frisch

weiß man nicht ganz genau, was man mit diesem Bedauern anfangen soll. Zweifellos hat Frisch sehr gute Essays geschrieben, ich nenne etwa eine Rezension über Heinrich Mann, einen Gedenkaufsatz über Dostojewskij, einen Reisebericht über Italien und den Faschismus dort; Frisch schreibt klug, er vertritt klarsichtig und energisch Positionen, die Freiheit ausdrücken – selten aber schreibt er so gut, daß wir uns plötzlich und unwillkürlich fragen, wie sich denn etwa heute ein solches Maß an geistiger Freiheit ausdrücken würde: ein merkwürdiges Phänomen ist das.

Und wenigstens einen kleinen Schritt weiter kommt man erst dann, wenn man über diese Merkwürdigkeit selber nachdenkt. Wir scheinen, auch historisch, so unsensibel geworden zu sein und überdies so einseitig im Gedächtnis geschult, daß uns nur das Eindruck macht, was laut war und ist. Wir kennen die marxistischen Essayisten aus der Zeit zwischen den Kriegen, wir kennen auch welche von denen, die wir jetzt faschistisch oder faschistoid oder sonstwie nennen, wir kennen aber kaum jene ruhige Intellektualität, die die Freiheit zwischen den Lagern ausdrückte, nämlich jene Freiheit, die dann klaglos und so gründlich unterging, totgemacht unterging, daß wir sie wahrscheinlich nicht einmal wiedererkennen würden, wenn sie heute wieder aufträte; sie tritt aber nicht auf, denn sie ist nicht mehr gefragt. Vermutlich würde sie von links als konservativ verschrien und von rechts als nicht konservativ genug beiseite geschoben werden – mit einem Wort: vor lauter Lärm haben wir vergessen, was Kultur ist, und selbst dies Vergessen schmerzt nicht mehr. Und was ich da meine, ist noch schlimmer, als es schon klingt: ich lese Frischs Essays, ich fühle mich nicht überwältigt und bringe doch nicht mehr als den bloßen Funken eines Verdachts auf, daß ich selber vielleicht schuld daran bin, oder eben die Zeit, die mich lesen gelehrt hat.

Frisch blieb bis 1929 in München, er übersetzte, in dieser Zeit fast ausschließlich aus dem Französischen, und begann für die «Frankfurter Zeitung» zu schreiben, fürs Feuilleton zunächst, dann aber vor allem längere Aufsätze für das Literaturblatt. Danach trat er noch einmal eine Stelle an, nämlich als literarischer Leiter der Berliner «Europäischen Revue» (Kafka, Gide, Hemingway, Malraux, Huxley, Morand schrieben damals dort). Nach einem Jahr zog er sich zurück. 1933 emigrierte er in die Schweiz, nach Ascona, ins Tessin, schrieb zunächst noch weiterhin für die «Frankfurter Zeitung», widmete sich dann aber ganz der Arbeit an einem Roman «Gog und Magog». In den letzten zwei Jahren war er gelähmt; er starb am 29. November 1942.

Seinen Roman «Zenobi» hat Frisch im Jahre

1927 bei Cassirer in Berlin publiziert, seit seinem belletristischen Erstling waren fünfundzwanzig Jahre vergangen, Frisch war jetzt vierundfünfzig Jahre alt. Und wenn seine Essays wie mit schmerzlich fremder Stimme aus einem versunkenen oder vergessenen Land zu uns sprechen, so hat im «Zenobi» dieses Land noch einmal seine Grenzen für uns ganz geöffnet, und wir gehen hinein wie Entdecker in eine heimlich tiefvertraute Gegend, durch die uns jetzt einer führt, von dem es heißt: «Was ihn noch trieb, war die alte Lebensneugier, von Wehmut beschattet»; und von dem es dann auch heißt, als seien wir jetzt gemeint: er «wußte von sich selbst nur gleichsam auf Anruf».

Das Wort «Zenobi» scheint vieles sagen zu wollen, sagt aber nichts: wenn der Leser, weil das Wort ihn an irgend etwas erinnern will, irgendwo nachschlägt, wird er nichts finden. Das Wort ist ein Schlüssel für nichts als unsre Neugier auf Schönheit, und diese Neugier in uns ist angesprochen in einem Satz, der Klugheit und Jugendlichkeit wunderbar verbindet; wenn Schönheit, heißt der Satz, «wenn Schönheit ein Verdienst ist, so ist sie es vielleicht auch darum, weil sie ihre Verehrer kühn macht».

Der Leser wird finden, daß er ein solches Buch noch niemals gelesen hat, und er wird am Schluß wissen, daß er ein solches Buch auch nicht wieder finden wird. Das ist keine Frage des Rangs, sondern eine Frage der Denk- und Schreibart, die sich in diesem Buch auf vollkommene Weise ausdrückt. Dezent, anmutig, geistvoll, klar, lebendig heiter – solche Worte treffen das Buch schon, treffen aber mehr noch uns; denn Buch und Roman geworden, lassen sie uns den Verlust empfinden, den wir erlitten haben müssen, wenn wir das Schöne mit Wörtern nennen, die unserm Leben fast fremd sind.

Ich will das aber, nach dem Lesen, auch anders sagen: Wir haben hier ein Buch wieder vor uns, das uns klüger und einsichtiger macht. Wenn wir diesen Zenobi und seine Welt kennengelernt haben, dann ist auch unsre Welt reicher geworden, so viel reicher, daß wir, wenn wir nicht glücklich darüber wären, uns fast genieren könnten, vorher so wenig die Augen offen gehabt zu haben. Unsre Befangenheit in der Gegenwart war ein Schlaf, aus dem die vergangene Schönheit uns jetzt weckt.

Ich verstehe den voreiligen Leser, der vor dem Buch ins Nachwort schaut und nun ein wenig verwundert ist bei solchen Sätzen. Aber ich habe diese Sätze nach dem Buch geschrieben, ich weiß schon, was Frisch dem Leser sagt, der sich aufs Lesen einläßt mit dem ersten Satz: «Ein jeder kennt Zenobi...».

Tübingen, im März 1981 *Rolf Vollmann*

Walter Literarium
Herausgegeben von Bernd Jentzsch

Band 1
Bettina und Gisela von Arnim
Das Leben der Hochgräfin
Gritta von Rattenzuhausbeiuns
Ein Märchenroman

Band 2
Wilhelm Raabe
Pfisters Mühle
Ein Sommerferienheft

Band 3/der kleine walter
Friedrich Rückert
Das Männlein in der Gans
Fünf Märlein zum Einschläfern
für mein Schwesterlein
Zeichnungen von Hermann Schelbert

Band 4
Alfred Döblin
Gespräche mit Kalypso
Über die Musik

Band 5
Peter Bichsel
Eigentlich möchte Frau Blum
den Milchmann kennenlernen
21 Geschichten

Band 6/der kleine walter
Franz Hohler
Dr. Parkplatz
Bilder von Werner Maurer

Band 7
Paul Heyse
Die Kaiserin von Spinetta
und andere Liebesgeschichten
Ausgewählt und mit einem Nachwort
von Bernd Jentzsch

Band 8
Hermann Kesser
Das Verbrechen der Elise Geitler
und andere Erzählungen
Ausgewählt von Bernd Jentzsch
Mit einem Nachwort
von Thomas B. Schumann

Band 9/der kleine walter
Gustav Falke
Gi-ga-gack
Märchen aus Muckimacks Reich
Bildschmuck von Dasio

Band 10
Clara Viebig
Das Miseräbelchen
und andere Erzählungen
Ausgewählt von Bernd Jentzsch
Mit einem Nachwort von Norbert Oellers

Band 11
Efraim Frisch
Zenobi
Roman
Mit einem Nachwort von Rolf Vollmann

Band 12/ der kleine walter
Thomas Brasch
Der König vor dem Fotoapparat
Nach historischen Posen
In Bilder gesetzt von Hermann Schelbert